금오신화

김시습

금오신화
金鰲新話

김경미 옮김

펭귄클래식코리아

금오신화

1판 1쇄 발행 2009년 1월 23일
1판 18쇄 발행 2019년 8월 12일

지은이 | 김시습 옮긴이 | 김경미
발행인 | 이재진 단행본사업본부장 | 김정현
편집주간 | 신동해 마케팅 | 이현은 문혜원
제작 | 정석훈 국제업무 | 최아림 박나리

브랜드 펭귄클래식 코리아
주소 경기도 파주시 회동길 20 웅진씽크빅 단행본사업본부 펭귄클래식코리아
주문전화 02-3670-1595
문의전화 02-3670-1174(편집) 02-3670-1022(영업)
홈페이지 www.wjbooks.co.kr
발행처 (주)웅진씽크빅
출판신고 1980년 3월 29일 제406-2007-000046호

펭귄클래식 코리아는 유리장 에이전시를 통해 펭귄북스와 제휴한
(주)웅진씽크빅 단행본사업본부의 브랜드입니다. 펭귄 및 관련 로고는
펭귄북스의 등록 상표입니다. 허가를 받아야만 사용할 수 있습니다.
Penguin Classics Korea is the Joint Venture with Penguin Books Ltd.
arranged through Yu Ri Jang Literary Agency. Penguin and the associated logo
are registered and/or unregistered trade marks of Penguin Books Limited.
Used with permission.

이 책은 저작권법에 따라 보호받는 저작물이므로 무단 전재와 무단 복제를 금지하며,
이 책 내용의 전부 또는 일부를 이용하려면 반드시 저작권자와 (주)웅진씽크빅의
서면 동의를 받아야 합니다.

ⓒ 김경미, 2009

ISBN 978-89-01-09157-0 04800
ISBN 978-89-01-08204-2 (세트)

• 잘못된 책은 구입하신 곳에서 바꾸어 드립니다.
• 책값은 뒤표지에 있습니다.

차례

【만복사저포기】
저포 놀이가 맺어준 사랑 · 7

【이생규장전】
이생이 엿본 사랑 · 29

【취유부벽정기】
부벽정에서의 짧은 만남 · 51

【남염부주지】
염마왕과의 대화 · 69

【용궁부연록】
물거품처럼 사라진 용궁 잔치 · 87

【서갑집후】갑집의 뒤에 쓰다 · 113

작품 해설 · 115
부록 『금오신화』 목판본 · 127

【만복사저포기】
萬福寺樗蒲記

저포 놀이가 맺어준 사랑

남원에 양생이란 사람이 있었다. 일찍이 부모를 여의고 아직 장가를 들지 못하여 홀로 만복사 동쪽에 살고 있었다. 방 밖에는 배나무 한 그루가 서 있었는데, 이제 막 봄을 맞아 꽃이 활짝 피어 마치 옥으로 만든 나무에 은을 쌓아놓은 것처럼 환했다. 양생은 달밤이면 늘 그 나무 아래에서 서성거리며 낭랑한 목소리로 시를 읊조리곤 했다.

한 그루 배나무 꽃 적막함과 짝하여
가련하게도 달 밝은 밤을 저버렸네
청춘에 홀로 외로운 창가에 누웠는데
어디서 귀한 님 피리를 불어주나

외로이 날아가는 비취새는 짝을 이루지 못하고
짝 잃은 원앙새 맑은 강물에 몸을 씻네

누구와 인연이 있는지 바둑으로 맞춰보고
밤이면 등불 점 쳐보고는 근심스레 창에 기대 있네

시를 읊고 나자 갑자기 공중에서 소리가 들려왔다.
"그대가 좋은 짝을 구하고 싶은가 본데 어찌 구하지 못할까 근심하는가?"
생이 이 말을 듣고 마음속으로 기뻐했다.
다음 날은 바로 삼월의 스물넷째 날이었다. 그 고을의 풍속에서는 이날이 되면 만복사에서 등불을 켜고 복을 빌었는데 이때엔 남녀가 모여들어 각자의 소원을 빌었다. 날이 저물어 염불 소리도 그치고 사람들이 드물어지자 양생이 소매에 넣어두었던 저포[1]를 부처 앞에 던지며 말했다.
"오늘 저는 부처님과 저포 놀이를 할까 합니다. 만약 제가 지면 음식을 장만해서 공양을 드리고, 만약 부처님께서 지시면 아름다운 여인을 얻고 싶은 제 소원을 이루어주시는 겁니다."
빌기를 마치고 저포를 던지자 양생이 이겼다. 그러자 양생이 즉시 부처 앞에 꿇어앉아 말하기를,
"일이 이미 정해졌으니 어기시면 안 됩니다."
하고 탁자 밑에 숨어서 약속이 이루어지기를 기다렸다.
잠시 후에 한 아리따운 아가씨가 나타났는데 나이는 열대엿 살 정도 되는 것 같았다. 땋은 머리에 연한 화장을 하고 있었고 몸가짐은 얌전했으며 마치 선녀나 옥황상제의 부인처럼 의젓

---

[1] 주사위 같은 것을 나무로 만들어 던져서 그 끗수로 승부를 겨루는 놀이로, 윷놀이와 비슷하다.

해 보였다. 그 아가씨가 손에 기름병을 들고 와서 등잔에 붓고 향을 꽂은 뒤 세 번 절하고 꿇어앉더니 한숨을 쉬고 탄식하며 말하는 것이었다.

"저는 어쩌면 이렇게 박명하단 말입니까?"

그러고는 품에서 글 쓴 것을 꺼내어 탁자 앞에 바쳤는데 그 사연은 이러하였다.

아무 고을 아무 땅에 사는 무슨 씨 아무개가 말씀드립니다. 지난번 변방을 막지 못해서 왜구가 침략해 들어와 방패와 창이 눈앞을 가득 채우고 봉홧불이 몇 해나 계속되었지요. 적들이 집을 불태워 없애고 백성들을 노략질하니, 동서로 숨거나 달아나고 좌우로 도망하여 친척과 종 들은 각각 어지러이 흩어졌습니다. 저는 버들같이 가냘픈 몸이라 멀리 도망가지 못하고 스스로 깊은 규방에 들어가 끝까지 여자의 정절을 지켰으며 횡액을 면했습니다. 부모님께서 제가 정절을 지킨 것이 어긋나지 않다고 생각하시고 멀리 한적한 곳에 피신시킨 이래, 초야에 잠시 살게 된 지도 어느덧 삼 년이 지났습니다. 달 뜨는 가을과 꽃 피는 봄을 헛되이 보내며 마음 상하고 들판의 구름과 흐르는 물처럼 하릴없는 날을 보냅니다. 빈 골짜기에 깊이 숨어 지내며 평생의 박명함을 탄식하고 아름다운 밤을 홀로 보내며 아리따운 난새[2]가 홀로 춤추는 것 같은 제 신세를 불쌍히 여겼지요. 날이 가고 달이 가서 혼백마저 사라지니, 긴 여름날과 지루한 겨울밤이면

---

2) 중국 전설에 나오는 상상의 새. 모양은 닭과 비슷하나 깃은 붉은빛에 다섯 가지 색채가 섞여 있으며 소리는 오음(五音)과 같다고 한다.

간담이 찢어지고 창자가 끊어지는 듯합니다. 부처님께서는 불쌍히 여겨 굽어살펴 주시기를. 생애는 이미 정해져 있으니 업은 피할 수 없겠지요. 그러나 제 운명에 인연이 있다면 일찍 그를 만나 즐거움을 누리게 해주십시오. 간절한 기도를 저버리지 마시옵소서.

여자는 글 쓴 종이를 던지고 나서 몇 번이나 소리 내어 흐느꼈다. 양생이 틈 사이로 그 자태와 얼굴을 보고는 감정을 억제하지 못하고 갑자기 뛰쳐나와 말했다.
"방금 던진 글은 무엇 때문이오?"
여자의 글을 보고 양생의 얼굴에는 기쁨이 넘쳤다. 그러고는 묻기를,
"그대는 어떤 분이신가? 어떻게 혼자 여기에 왔소?"
하니 여자가 대답했다.
"저도 사람입니다. 의아해하실 일이 뭐가 있습니까? 그대는 아름다운 배필만 얻으면 될 뿐 이름을 물을 필요도 없을 텐데 이렇게 놀라고 당황하시다니요."
이때 절은 이미 낡고 무너져서 스님들은 한쪽 모퉁이에 살고 있었고 대웅전 앞에는 행랑만이 홀로 쓸쓸히 남아 있었다. 행랑이 끝난 곳에 나무판자로 된 방이 있었는데 몹시 좁았다. 양생이 여자를 유혹해서 그 방으로 들어가니 여자는 어려워하지 않고 따랐다. 둘은 함께 사랑을 나누었는데 사람과 똑같았다.
이윽고 밤이 깊어지자 달이 동산 위로 떠오르고 달그림자가 창문으로 비쳐들었다. 이때 갑자기 발소리가 들려왔다. 여자가

말했다.

"누구냐? 혹시 시녀가 온 것이냐?"

"네. 전에 아가씨께서는 중문 밖을 나가지 않으시고, 나가도 몇 걸음 걷지도 않으셨습니다. 간밤에는 우연히 나가시더니 어찌 여기까지 오셨습니까?"

"오늘의 일은 우연이 아닌 것 같구나. 하늘이 돕고 부처님이 도와서 한 아름다운 사람을 만났는데 이분과 살며 백년해로하려 한다. 부모님께 아뢰지 않고 시집을 가는 것이 비록 유교의 법을 어기는 것이지만 잔치하여 즐기게 되었으니 이 또한 평생의 기이한 만남이니라. 집에 가서 방석과 술과 과일을 가지고 오너라."

시녀가 여자가 명한 대로 정원에 자리를 마련하니 때는 이미 사경[3]이었다.

상에 차려놓은 것은 담백하여 꾸밈이 없었고 술과 마실 것은 향이 진해서 인간 세상에서 맛볼 수 있는 것이 아니었다. 의심스럽고 이상하긴 했지만 여자의 말하고 웃는 모습이 맑고 아름다우며 몸가짐이 우아해서, 양생은 분명히 귀한 집 처자가 담을 넘어 나온 것이라 여기고 다시 의심하지 않았다. 여자가 양생에게 술잔을 올리고 시녀에게 노래를 불러 기분을 돋우라 명하고는 양생에게 말하였다.

"저 아이는 분명 옛날 노래를 그대로 부를 테니 가사 하나를

---

3) 새벽 1시에서 3시 사이. 일몰부터 일출까지 하룻밤을 다섯으로 나누어 부르는 시간을 경(更)이라 하는데 밤 7시부터 시작하여 두 시간씩 나누어 각각 초경(初更), 이경(二更), 삼경(三更), 사경(四更), 오경(五更)이라고 이른다.

지어서 술을 권하게 하는 것이 어떠할까요?"

양생이 즐거워하며 좋다고 대답한 뒤 「만강홍(滿江紅)」한 곡조를 지어 시녀에게 부르도록 했다.

처량해라 쌀쌀한 봄날
비단 적삼은 얇아 애간장 몇 번이나 끊어지고
향로 싸늘히 식었는데 해 저문 산은 눈썹 칠한 것 같고
저녁 구름은 비단 우산 펼쳐놓은 듯
비단 장막 원앙 이불 함께 나눌 이 없어
보석 비녀 반쯤 기울여 피리를 부네
슬프다 세월은 화살처럼 빠르고
마음속은 원망스럽기만 하구나

등잔불 가물가물하고
은 병풍 나지막하게 둘렀는데
눈물만 닦고 있으니
누구와 좋아하리
즐거운 이 밤 피리를 부니
피리 소리 한 번에 봄날이 펼쳐지네
무덤 속 천고에 맺힌 한 풀어보려
금루곡(金縷曲) 나직이 부르며 은 술잔 기울이다
옛날 품었던 한 후회스러워 눈썹 찡그리고
외로이 잠드네

노래가 끝나자 여자가 쓸쓸한 얼굴로 말했다.

"지난번 봉래산에서 했던 약속을 어기고 오늘 소상강에서 인연 맺은 사람을 만나니 천만다행입니다. 낭군께서 만약 저를 피하거나 버리지 않으신다면 평생토록 아내가 되어 시중을 들 것이요, 만약 제 소원을 들어주시지 않는다면 영원히 멀리 떨어져 있게 될 것입니다."

양생이 이 말을 듣고 한편으로는 감격하고 한편으로는 놀라며 말했다.

"어찌 감히 그 말을 따르지 않을 수 있겠소?"

그러나 그 태도가 예사롭지는 않아서 양생은 여자가 하는 것을 가만히 지켜보았다.

이때 달은 서쪽 봉우리에 걸리고 닭 울음소리가 마을에서 들려왔다. 절에서는 첫 종을 치기 시작하고 새벽빛이 어슴푸레 밝아왔다. 여자가 시녀에게 말했다.

"너는 자리를 거둬 돌아가도록 해라."

시녀가 대답하는 동시에 사라졌는데 어디로 갔는지 알 수 없었다. 여자가 말했다.

"이미 인연이 정해졌으니 함께 손을 잡고 가도 괜찮겠지요."

양생이 여자와 손을 잡고 마을을 지나가니 울타리 안에서는 개가 짖고 길에서는 사람들이 걸어가고 있었다. 지나가는 사람들은 양생이 여자와 함께 오는 것을 모른 채 다만,

"양생, 아침 일찍 어디서 오십니까?"

하고 물을 뿐이어서 양생은,

"마침 술에 취해 만복사에 누워 있다가 친구네 마을에서 자

고 오는 길입니다."
하고 대답하였다.

아침이 되자 여자가 양생을 우거진 풀 사이로 데려갔는데 이슬에 흠뻑 젖어 따라갈 만한 길이 없었다. 양생이 말했다.

"어찌 이런 데 거처하시오?"

"혼자 사는 여인의 거처가 본래 이렇죠."

그러고는 다시 농담조로 말했다.

"이슬길 촉촉해도 어찌 밤낮으로 찾아오지 않고 길에 이슬이 많다고만 하시는지?"

양생이 여기에 화답하여 말했다.

"여우가 어슬렁어슬렁 기수 돌다리 위를 어정거리는데, 제나라 임금의 딸은 노나라에서 오는 평평한 길을 수레 타고 유유히 오시네. 부끄러운 줄도 모르고."

시를 읊으며 웃고 농담하면서 함께 개녕동으로 가니 쑥대가 들판을 뒤덮고 가시나무가 하늘을 찌르는 곳에 집 한 채가 있었다. 그 집은 작지만 몹시 아름다웠다. 여자가 양생에게 함께 들어가자고 해서 들어가니 전날 밤과 다름없이 이부자리와 휘장이 가지런하게 놓여 있었다. 양생은 이곳에 사흘을 머물렀는데 그 즐거움이 여느 때와 다름이 없었다. 시녀는 예쁘면서도 교활한 데가 없었고 그릇은 깔끔하고 별다른 무늬가 없었다. 인간 세상이 아니라는 생각은 들었으나 사랑에 빠져 두 번 다시 그런 생각을 하지 않았다.

얼마 뒤 여자가 양생에게 말했다.

"이곳의 사흘은 삼 년과 같습니다. 당신도 집에 돌아가서 하던 일을 하셔야지요."

그러고는 이별 잔치를 열어 작별하려 하니 양생이 슬픈 얼굴로 말했다.

"왜 이렇게 갑작스럽게 헤어지자는 거요?"

여자가 말했다.

"다시 만나 평생의 소원을 이룰 수 있을 것입니다. 오늘 저의 이 누추한 거처에 오신 것도 반드시 인연이 있기 때문이니 이웃 친척들을 만나보면 어떨까요?"

그러니 생이 "좋다." 하였다.

여자가 바로 시녀를 시켜 네 이웃에 모임을 알렸다.

첫 번째 여인은 정씨, 두 번째 여인은 오씨, 세 번째 여인은 김씨, 네 번째 여인은 유씨였다. 이들은 모두 귀하고 높은 집안의 사람들로 여자와 이웃한 친척이며 결혼을 하지 않은 처녀들이었다. 모두 성품이 온화하고 모습이 빼어났다. 또 총명하여 글자를 알고 시를 지을 줄 알아서 모두 칠언시 한 편을 지어 이별의 정표로 주었다.

정씨는 태도에 멋이 있었고 구름같이 쪽 진 머리는 살짝 귀밑으로 흩어져 있었는데 한숨을 쉬며 시를 읊었다.

꽃 피는 봄빛 아름답고 달빛 고운데
근심에 잠겨 보낸 봄날 몇 해나 되었는지 아득하구나
저 나란히 나는 비익조(比翼鳥)[4]처럼

---

4) 암컷과 수컷의 눈과 하나씩이어서 짝을 짓지 아니하면 날지 못한다는 전설상의 새로, 남녀나 부부 사이의 두터운 정을 비유할 때 자주 쓰인다.

짝지어 놀며 푸른 하늘 날지 못했음을 한하노라

무덤 속 등엔 불빛이 없으니 이 밤을 어이할거나
북두칠성 막 이울고 달도 기울어져 가는데
슬픔에 찬 나의 무덤엔 오는 이 없어
푸른 적삼 구겨지고 귀밑머리는 헝클어졌네

매화로 사랑의 약속 했으나 끝내 어그러지고
봄바람 저버리니 일은 이미 지나가 버렸네
베개 위의 눈물 자국 몇 개나 그렸던가
정원 가득 내리는 비는 배꽃만 때리는데

봄을 즐기려던 마음 이미 부질없어져
적막한 빈산에서 그 몇 밤을 보냈는가
남교(藍橋)[5]를 지나는 길손 보지 못하였으니
배항과 운교[6]는 언제나 만날 수 있을까

오씨는 머리를 뒤로 쪽 지고 있었는데 아리따웠으나 연약해 보였다. 감흥을 이기지 못하고 이어서 시를 읊었다.

절에서 향 사르고 돌아오는 길

---

5) 중국 남전현 동남쪽 남수(藍水) 위에 있는 다리로, 당나라 배항(裵航)이 선녀인 운영(雲英)을 만나 아내로 삼았다는 고사가 전하는 곳이다.
6) 운교(雲翹)부인. 배항에게 남교에서 운영을 만날 것이라 예언했다고 한다.

동전 몰래 던지더니 누구와 맺어졌나
봄꽃 피고 가을 달 떠오르면 한없는 서러움
항아리 앞에 앉아 한잔 술로 녹여 볼까

새벽이슬 복숭아꽃 붉은 뺨 적시는데
깊은 골짜기엔 봄 깊어도 나비 오지 않네
이웃에서 깨진 구리거울 다시 합한다니 문득 기뻐
새 노래 다시 지어 부르고 금잔에 술을 따르네

해마다 제비는 봄바람에 춤추는데
애끓는 이 내 사랑 헛되기도 해라
부러워라 저 연꽃은 꽃받침과 함께
깊은 밤 연못에서 몸을 씻네

일층 누각은 푸른 산속에 있고
연리지(連理枝)[7]에 핀 꽃은 붉기도 하건만
애달파라 내 인생은 저 나무만도 못해서
박명한 청춘에 눈물만 고인다

  김씨는 몸가짐이 반듯하고 의젓하였다. 붓을 적시고는 앞에 쓴 시들이 몹시 음란하다고 꾸짖으며 말했다.
  "오늘 일은 많이 말할 필요 없이 있는 그대로의 광경만을 서

---

7) 뿌리와 줄기가 다른 두 나무의 가지 결이 연결되어 하나가 된 나무를 말한다. 서로 깊이 좋아하는 부부나 남녀의 사랑을 비유한다.

술하면 되는데 왜 묵은 회포를 늘어놓아 절개를 잃고 인간 세상에 그런 하찮은 마음이 알려지게 합니까?"
그러고는 낭랑하게 시를 읊었다.

두견새 울음 그치자 오경이 되고
희미한 은하수 동쪽으로 이미 기울었네
다시는 옥피리 불어 희롱하지 마시라
사랑 찾는 마음 세상 사람에게 알려질까 두렵네

금 술잔 한 잔 가득 채워드리니
모름지기 취할 따름 많다고 사양하지 마시라
내일 아침 봄바람 사나워 흙먼지 날리면
이 봄 경치 어찌 꿈이 아닐런가

푸른 비단 소맷자락 나른하게 드리우고
음악 소리 쟁쟁한 가운데 싫도록 마시리라
맑은 흥 다하기 전엔 돌아가지 못하리니
새 가사에 새로운 곡조 지어 부르네

구름 같던 머리 흙먼지에 더럽힌 지 몇 해인가
오늘에야 님을 만났으니 활짝 웃어보세
고당(高唐)[8]에서 선녀 만난 일 자랑하지 말라

---

8) 초나라 때 운몽택(雲夢澤) 가운데 있던 누대의 이름으로, 무산(巫山)의 신녀(神女)가 나와 놀았다는 곳이다. 초나라 양왕이 고당에 갔을 때 꿈에서 무산

풍류 이야기 인간 세상에 알려질라

　유씨는 엷은 화장에 수수한 옷을 입어 화려하지는 않았으나 법도가 있었다. 말없이 조용히 있다가 미소를 지으며 시를 지었다.

　　그윽한 절개 굳게 지켜온 것 몇 해던가
　　향기로운 넋과 옥 같은 뼈 황천에 깊이 묻혔네
　　봄밤이면 늘 항아(姮娥)[9]와 벗하여
　　계수나무 꽃 옆에서 홀로 졸곤 했지

　　우습구나 복숭아꽃 오얏꽃 봄바람을 못 이기어
　　점점이 남의 집에 떨어지네
　　평생토록 더러운 것 묻히지 않았는데
　　곤륜산 좋은 옥에 흠 생길라

　　화장도 귀찮고 머리는 쑥대 같고
　　경대에는 먼지 쌓이고 거울은 녹슬었네
　　오늘 아침 다행히 이웃 잔치에 참석해

의 신녀를 만나 사랑을 나눈 일을 말한다.
9) 중국 고대신화에 나오는 달의 여신으로 상아, 상희라고도 한다. 「산해경(山海經)」에 보면 항아는 태양의 신인 제준(帝俊)의 아내로 되어 있으며, 「회남자(淮南子)」에는 예라는 사람이 서왕모(西王母)로부터 불사약을 구해 왔는데 그의 아내인 항아가 그 불사약을 훔쳐 달로 달아나 두꺼비가 되었다는 이야기가 있다.

족두리꽃 유난히 붉음을 수줍게 바라보네

　　낭자는 오늘 공부하는 신랑과 짝이 되었으니
　　하늘이 정해 준 인연 그 만남 향기로우리
　　월하노인[10] 이미 인연의 줄 이어주었으니
　　이제부터 서로 양홍과 맹광[11]같이 대하시라

여자가 유씨의 시 마지막 말에 감동하여 앞으로 나가서 말했다.
"저도 대강 글자를 아는데 혼자 아무 말 없이 있을 수 있겠습니까?"
이윽고 칠언 사운의 근체시 한 편을 지어서 읊었다.

　　개녕동 골짜기서 봄 근심에 잠겨 있을 때
　　피고 지는 꽃 보며 온갖 시름에 잠겼었지
　　초나라 무산 구름 가운데서 그대 보이지 않아
　　상강 대나무 아래서 눈물이 넘쳐흘렀네

---

10) 부부의 인연을 맺어준다는 전설 속 노인이다.
11) 맹광은 동한의 부잣집 딸로 피부가 검고 뚱뚱한 여자였는데 아무에게나 시집가려 하지 않고 양홍(梁鴻) 같은 사람에게만 가겠다고 버티며 부모의 골치를 썩였다. 할 수 없어 양홍에게 청혼하자 양홍이 허락했다. 가난하지만 학문에 조예가 깊고 검소했던 양홍이 맹광의 고운 예복을 보고 좋아하지 않자, 맹광은 무명옷으로 갈아입고 그 뒤로 남편을 잘 대접하여 밥상을 눈썹까지 추켜올려 바쳤다고 한다.

맑은 강가 화창한 날 원앙이 짝지어 있고
푸른 하늘 구름 걷힌 곳에 비취가 노니네
좋구나 동심결 맺어 두 마음 변치 않기로 했으니
깁부채는 서늘한 가을을 원망하지 마시라

양생도 글을 잘하는 사람이라 그 시 짓는 법이 맑고 고상하고 읊는 소리 또한 맑게 울리는 것에 감탄을 금치 못하였다. 바로 앞으로 나아가 붓을 달려 고풍으로 장단시 한 편을 지어서 답하였다.

오늘 밤은 어떤 밤이기에
이 아리따운 선녀들을 보는가
꽃 같은 얼굴은 어찌 이리 어여쁘며
붉은 입술은 앵두 같은가
시 짓는 솜씨는 더욱 절묘하니
이안(易安)[12]은 입도 열지 못하리
직녀가 베틀 던지고 하늘에서 내려왔나
항아가 절구 공이를 던지고 달나라를 떠나왔나
옥으로 만든 자리에 곱게 단장한 빛이 비치고
술잔 서로 오가며 잔치를 즐기네
구름으로 엉켰다가 비로 내리는 사랑에 익숙지는 않지만

---

12) 송나라 여성 시인인 이청조(李淸照). 호는 이안거사(易安居士), 또는 수옥(漱玉)이다. 이격비(李格非)의 딸로 조명성(趙明誠)에게 시집갔는데, 남편을 도와 『금석록(金石錄)』을 완성했다. 시문에 뛰어났다.

술 마시고 나직이 노래 부르며 서로 기뻐하네
봉래섬에 잘못 들어와
이 같은 신선 세계의 풍류객 마주하니 절로 즐거워지도다
귀한 술 향기로운 술통에 넘쳐 나고
금사자 모양 화로에서는 상서로운 안개가 뿜어 나오네
백옥으로 만든 상 앞에 향 가루 날리고
가는 바람 파도 일으켜 푸른 비단 같은 물결 이네
선녀가 나를 만나 혼인의 술잔을 올리니
채색 구름은 부드럽게 얽혀 있네
그대는 보지 못했는가 문소가 채란을 만나고[13]
장석이 두란과 맺어지는 것을[14]
사람이 태어나 서로 만나는 것도 정해진 인연이 있으니
모름지기 술잔 들어 서로 어지러이 취해 보세
낭자는 어찌 그리도 가벼운 말을 꺼내는가
그대를 가을 부채처럼 버릴 것이란 말은 하지 마오
다음 세상 또 그다음 세상에도 짝이 되어
꽃그늘 달빛 아래 서로 얽혀 지냅시다

 잔치가 끝나고 모두와 헤어진 뒤 여자가 은 주발 하나를 꺼내 양생에게 주면서 말했다.

---

[13] 진나라의 서생인 문소(文簫)가 선녀인 채란(彩鸞)을 만나 십 년간 함께 살다가 각각 신선이 되었다. 배형의 『전기(傳奇)』에 나온다.
[14] 장석(張碩)은 한나라 때의 신선, 난향은 두난향을 말한다. 두난향이 장석의 집에 하강하여 신선술을 가르쳤는데, 둘 다 신선이 되어 갔다. 간보(干寶)의 『수신기(搜神記)』에 나온다.

"내일 우리 부모님께서 보련사에서 저의 제사를 지내실 겁니다. 만약 저를 잊지 않으신다면 길에서 기다리시다가 함께 절로 가셔서 우리 부모님을 뵙는 것이 어떠할지요?"

양생이 "좋다." 하고 그 말대로 주발을 들고 길 위에서 기다렸다. 과연 지체 높은 집안에서 딸의 대상을 치르기 위해 수레와 말을 나란히 끌고 보련사로 향했다. 길옆에서 한 서생이 주발을 들고 서 있는 것을 보고 시종이 말했다.

"낭자의 장례 때 같이 묻었던 물건을 벌써 다른 사람이 훔쳤나 봅니다."

"무슨 말이냐?"

"저 사람이 들고 있는 주발 말입니다."

곧 양생에게로 말을 몰아가서 물어보니 양생이 전에 여자와 약속했던 대로 대답했다. 그 부모가 감격스러운 한편 이상하기도 해서 한참 있다가 말했다.

"우리에겐 외동딸이 있었는데 당시 왜구가 쳐들어와 전쟁때 죽었다네. 무덤도 쓰지 못하고 개녕사 사이에 대강 묻어두었는데 장례를 미루다가 오늘에 이르렀네. 오늘이 벌써 대상이라 잠깐 제를 올려서 저승 가는 길을 빌어주려 하네. 그대는 약속한 대로 내 딸이 오는 것을 기다리게. 제발 놀라지 말게나."

부모가 말을 끝내고 먼저 가고 양생은 혼자 우두커니 서서 기다렸다.

약속한 시간이 되자 과연 한 여자가 시녀를 데리고 허리를 하늘거리며 왔는데 바로 그 여자였다. 둘은 기뻐하며 손을 잡고 들어갔다. 여자가 절 문으로 들어가서는 부처님께 절을 올리고 하얀 장막 안으로 들어갔다. 친척들과 절의 스님들이 모두 믿지 못하는 가운데 오로지 양생만이 여자를 볼 수 있었다. 여자가 양생에게 말했다.

"함께 식사나 하고 싶습니다."

양생이 부모에게 그 말을 했다. 부모가 시험해 보려고 함께 밥을 먹으라고 하니 수저 소리만 들려왔는데 인간과 다름없었다. 이를 본 부모가 놀라고 탄식하다가 양생에게 장막 옆에서 자기를 권하였다. 밤중에 말소리가 낭랑하게 들려왔는데 사람들이 들으려 하면 빠르게 멈추고 다시 말하곤 했다.

"저도 저승의 법도를 어긴 것을 스스로 잘 알고 있습니다. 어려서 『시(詩)』와 『서(書)』를 읽어 예의에 대해서는 대강 알고 있습니다. 치마를 걷고 남자를 따라가는 행실이 음란하다는 것과 예의를 모르는 것이 부끄러운 일이라는 것을 모르지 않습니다. 그러나 쑥 덤불 우거진 곳에서 살다 보니 예의를 잊었고 사랑하고 싶은 마음이 한번 일어나자 끝내 이를 지킬 수가 없었습니다. 지난번 절에 가 복을 빌 때 부처님 앞에 향을 사르고 스스로 복이 없음을 탄식하다가 우연히 삼세의 인연을 만나게 되었습니다. 가난한 살림을 꾸리며 평생 그대를 높이 받들면서 술을 빚고 옷을 꿰매며 일생 동안 아내의 도를 다하려 했지요. 그러나 한스럽게도 업보는 피할 수 없어서 저승길로 가야 합니다. 즐거움을 다하지 못했는데 슬픈 이별이 갑자기 닥쳤군요. 이제 곧 다시 병풍으로 걸어 들어가듯, 천둥신이 천둥을 몰아쳐 가듯, 양대(陽臺)[15]에서 구름과 비가 걷히듯, 까마귀와 까치가 은하수에서 흩어지듯 떠나야 합니다. 이제 한번 헤어지면 뒤에 다시 만날 것을 기약하기 어렵습니다. 떠날 때가 되니 슬프고 황망하여 무슨 말씀을 드려야 할지 모르겠습니다."

혼을 보낼 때에 여인의 울음소리가 끊이지 않았는데 문밖에 이르자 아련한 소리가 들려왔다.

"정해진 운명이 있어 가슴 아프게 헤어지지만 사랑하는 그대, 혹시라도 제게서 멀어지지는 않겠지요. 가엾은 부모님 내게 짝을 맺어주지 못하셨으니 아득한 저승에서 원한 맺히리라."

남은 소리가 점점 사라지더니 흐느낌조차 분명치 않았다. 부모가 양생과 딸의 일이 사실인 것을 알고 다시는 의심하여 묻지 않았다. 양생도 그 여자가 귀신임을 알고는 슬픔이 더하여 부모와 함께 머리를 맞대고 울었다. 부모가 양생에게 말했다.

"은 주발은 자네 마음대로 쓰게나. 다만 내 딸 앞으로 밭 몇 이랑과 종 몇이 있으니 자네는 이를 신표로 삼아 내 딸을 잊지 말아주게."

다음 날 양생이 술과 고기를 가지고 이전의 자취를 찾아가니 과연 임시로 매장한 곳이 있었다. 양생이 제사상을 차려 슬피 통곡하고 그 앞에서 종이돈을 태운 뒤에 땅에 묻어주었다. 그리고 글을 지어 애도하였다.

　　영령은 살아서는 온순하고 예뻤으며 자라서는 깨끗하고 순

---

15) 송옥의 「고당부(高唐賦)」에 나오는 누대 이름으로 무산의 신녀가 아침이면 구름이 되고 저녁이면 비가 되어 양대에 내릴 것이라고 한 데서 나온다. 운우(雲雨)나 양대는 모두 남녀가 만나 사랑을 나누는 것을 가리킨다.

박했소. 자태와 얼굴은 서시(西施)[16]에 비길 만하고 시 짓는 솜씨는 숙진[17]보다 나았다오. 한 번도 규방을 나간 적이 없고 항상 부모님의 가르침을 들어 난리를 당해서도 정절을 온전히 지키다 왜적을 만나 죽었구려. 쑥대밭에 의탁하여 외롭게 살다가 꽃 피는 달밤이면 얼마나 서글펐겠소. 애간장을 녹이는 봄바람이 불면 두견개의 피 울음을 얼마나 슬퍼했겠소. 간담을 찢는 가을 서리 내리면 비단부채처럼 버려진 것을 또 얼마나 탄식했겠소. 지난번 하룻밤의 만남으로 마음이 얽히고설켜 이승과 저승이 떨어져 있음을 알면서도 물을 만난 물고기처럼 즐거움을 모두 다 누렸소. 이제 평생토록 해로할까 했지, 하룻밤 만에 슬픔으로 눈물 흘리게 될 줄 어찌 알았겠소. 달에는 난새를 타고 다니는 항아가 있고 무산에는 비가 되어 나타나는 신녀가 있으나 땅은 아득하여 돌아올 수 없고 하늘은 막막하여 갈 곳을 바라볼 수가 없소. 찾아가자니 너무 황홀하여 말을 할 수가 없고 나오니 너무 아득하여 갈 바를 모르겠소. 영령 있던 휘장을 대하여 울음을 참고 좋은 술 한 잔 따르니 슬픔이 더욱 사무치오. 당신의 그윽한 음성과 얼굴을 느끼고 또렷하던 말을 떠올리오. 아아, 슬프다!

 그대의 성품은 총명하고 그대의 기운은 섬세하였소. 삼혼이 흩어져 버릴지라도 어찌 그 영령마저 사라지겠는가. 응당 내려

---

[16] 중국 춘추 시대 월나라의 미인으로, 오나라에게 패한 월나라 왕 구천(句踐)이 서시를 오왕(吳王) 부차(夫差)에게 헌상하였고, 부차가 서시의 아름다움에 빠져 있는 사이에 오나라를 멸망시켰다.
[17] 주숙진(朱淑眞), 송나라의 여성 시인이었다.

와서 뜰로 올라설 것만 같고 그대의 향은 내 곁에 있는 것만 같소. 죽음과 삶의 세계가 다르다 해도 이 애도의 글에 느끼는 바 있기를 바라오.

그 뒤 양생은 슬픔을 이기지 못해 밭과 집을 모두 다 팔아 사흘간 천도제를 지내주었다. 그러자 여자가 공중에서 말했다.
"그대의 천도제에 힘입어 이미 다른 나라에서 남자로 태어났습니다. 저승과 이승이 떨어져 있지만 깊이깊이 감사드립니다. 그대는 다시 불법을 닦으셔서 함께 윤회를 벗어납시다."
양생은 그 뒤로 다시 결혼하지 않고 지리산으로 들어가 약을 캐고 살았는데 그가 어떻게 세상을 마쳤는지는 알지 못한다.

【이생규장전】
李生窺墻傳

이생이 엿본 사랑

송도에 이생이라는 사람이 있었다. 낙타교 옆에 살았는데 나이는 열여덟 살로 외모가 맑고도 날렵했으며 타고난 자질이 뛰어났다. 국학[1]에 공부하러 갈 때는 길에서도 늘 시를 읽었다. 선죽리에 부잣집 아가씨 최씨가 있었다. 나이는 열대여섯 살쯤으로 자태가 예쁘고 고왔으며 수를 잘 놓고 시를 잘 지었다. 세상에서는 이들을 이렇게 일컬었다.

멋진 이씨네 아들
예쁘고 얌전한 최씨네 딸
그 재주 그 미모 듣기만 해도
주린 배 불리겠네

---

1) 고려 시대의 성균관을 말한다.

이생이 일찍이 책을 끼고 국학에 다닐 때 항상 최씨의 집 북쪽 담장 밖을 지나다녔는데 수양버들 수십 그루가 하늘하늘 둘러서 있어서 이생은 그 아래에서 쉬곤 하였다.

하루는 이생이 담장 안을 엿보니 이름난 꽃들이 활짝 피어 있고 벌과 새가 다투어 지저귀고 있었다. 그 옆에 작은 누각이 꽃들 사이로 은근히 비치는데 구슬발은 반쯤 가려져 있고 비단 휘장은 낮게 드리워져 있었다. 그 안에 한 미인이 수놓기가 지겨운지 바늘을 멈추고는 턱을 괸 채로 시를 읊조리고 있었다.

> 홀로 비단 창 기대 수놓기 더딘데
> 온갖 꽃 핀 가운데 꾀꼬리 지저귄다
> 까닭 없이 몰래 봄바람 원망하고
> 말없이 바늘 멈춘 것은 그리운 바 있어서이지
>
> 길가에는 누구네 백면 낭군인가
> 푸른 소매 큰 띠 수양버들 사이로 비치네
> 어찌하면 뜰 안의 제비 되어
> 구슬발 밀치고 비스듬히 담장 넘어갈까

이생이 이 시를 들으니 속이 근질거려 가만히 있을 수가 없었다. 그러나 그 담이 높고 뜰은 깊숙하여 그저 원망하며 갈 뿐이었다. 돌아올 때 백지 한 장에 시 세 수를 지어 기와 조각을 매달아 던졌는데 그 시는 이러하였다.

무산의 열두 봉우리 안개가 겹겹이 둘렸고
반쯤 드러난 뾰족한 봉우리엔 붉고 푸른 꽃 무더기
양왕이 외로이 꾸었던 꿈 괴로이 물리치니
비구름 되어 양대로 내려오지 않겠는가.

사마상여는 탁문군을 유혹하려[2]
마음을 흠뻑 쏟았었지
붉은 담장 위로 복숭아꽃 아름답게 피었는데
바람 따라 어디에 떨어질까

좋은 인연인지 나쁜 인연인지
부질없이 수심 겨운 속 붙들고 있으니 하루가 일 년 같아라
스물여덟 글자가 이미 중매 섰으니
남교에서 언제 신선을 만날까

 최씨가 옆에 모시고 있던 여종 향아를 시켜 가서 보게 하니 바로 이생의 시였다. 종이를 펼쳐 여러 번 읽고 나서는 이생을 저절로 좋아하게 되었다. 최씨가 나무조각에 다시 여덟 글자를 써서 던졌는데, '그대는 의심하지 말고 해 질 녘에 만납시다.'라고 쓰여 있었다. 이생이 그 말대로 해 질 녘에 가니 갑자기 복숭아나무 한 가지가 담장을 넘어와 있고 그 그림자가 흔들리

---

2) 중국 전한(前漢)의 문인인 사마상여(司馬相如)가 사천성의 부호 탁왕손(卓王孫)에게 초대된 자리에서 탁왕손의 딸인 탁문군(卓文君)을 보고 음악으로 유혹해서 함께 달아난 고사를 말한다.

는 것이 보였다. 다가가서 보니 두툼한 그네 끈으로 대광주리를 매어 아래로 내려놓고 있어서 이생이 그 끈을 잡고 담을 넘어갔다. 마침 달이 동산 위로 떠올라 꽃 그림자가 땅에 어리고 맑은 향은 사랑스러웠다. 이생이 이미 선경으로 들어온 것 같아서 마음속으로는 은근히 기뻤으나 정은 은밀하고 일은 비밀스러워 머리털이 모두 곤두섰다. 좌우를 둘러보니 여자는 이미 꽃밭에서 향아와 더불어 꽃을 꺾어 서로 머리에 꽂아주고 한갓진 곳에 자리를 펴고 있다가 이생을 보고는 미소를 지으며 먼저 입으로 시 두 구절을 지어 불렀다.

    복숭아나무 오얏나무 사이로 꽃은 무성히 피었고
    원앙 이부자리에 달빛은 어여쁘기도 해라

  이생이 이어서 읊조리기를,

    뒷날 우리 사랑이 새 나가면
    비바람 무정하게 불어닥치리니 또한 가련치 않은가

하니 여자가 얼굴빛이 변하며 말했다.
  "저는 그대와 더불어 부부가 되어 영원토록 기쁨을 누리려고 하는데 낭군은 어쩌면 갑자기 이렇게 말씀하십니까? 제가 비록 여자라도 마음이 태연한데 장부의 의기로 어찌 이런 말씀을 하신단 말입니까? 뒷날 규중의 일이 새 나가서 부모님께서 저를 꾸짖고 책망하시면 제가 감당하지요. 향아는 방에 술과 과일을 차리도록 해라."

향아가 명한 대로 가고 나니 사방이 적막하고 사람 소리라곤 없었다. 이생이 묻기를,

"여기는 어딘가요?"

하니 여자가 말했다.

"이곳은 북쪽 정원 가운데 있는 작은 누각 밑입니다. 부모님은 하나뿐인 딸인 저를 몹시 사랑하셔서 연꽃 연못 옆에 따로 이 누각을 지으시고 봄이 되어 이름난 꽃들이 활짝 피면 저로 하여금 여종을 따라가 이리저리 노닐게 해주셨습니다. 부모님 거처와 규방은 깊숙이 있으니 웃고 떠들어도 쉽게 들리지 않을 겁니다."

여자가 녹의주 한 잔을 따라 이생에게 권하며 고풍 한 편을 읊었다.

굽이진 난간 연꽃 연못 누르고 있고
못 위로 활짝 핀 꽃 사이로 사람들 이야기 나누네
아지랑이 춤추니 봄기운 무르녹아
새 가사 지어 백저곡(白苧曲)에 얹어 부른다
달이 기우니 꽃 그림자 털방석 사이로 깊이 들어와
긴 가지 함께 당기니 붉은 꽃 떨어지네
바람이 맑은 향 일깨워 그 향기 옷에 스며드니
가녀가 막 춘양무(春陽舞)를 추네
비단 소매 가벼이 해당화 가지 건드리니
꽃 사이 자던 앵무새 놀라 깨어나네

이생이 바로 이 시에 화답하였다.

　　잘못 무릉도원에 들어왔더니 꽃들 흐드러져
　　얼마간 품었던 마음 말로 할 수가 없네
　　검은 머리 둘로 쪽을 지어 금비녀 꽂았고
　　산뜻한 봄 적삼 푸른 모시로 지었네
　　봄바람 처음 불어 꽃망울 터뜨리니
　　꽃 성한 가지 비바람과 싸우지 않게 하라
　　나부끼는 소매 그림자 너울거림은
　　울창한 나무 그늘 사이로 미인이 춤을 추는 것
　　좋은 일 끝나기 전에 반드시 근심 따르리니
　　새로운 가사 지어 앵무새 가르치지 말라

술을 마시고 나서 여자가 이생에게 말했다.
"오늘의 일은 분명 작은 인연이 아니니 낭군께선 저를 따라가서 사랑을 이룹시다."
말을 끝내고 여자가 북쪽 창문을 따라 들어가니 이생도 따라갔다. 누각의 계단이 방 안에 있어서 그 계단을 따라 올라가니 과연 그 누각이었다. 문방구와 책상이 매우 가지런하고 깨끗했다. 한쪽 벽에 「연강첩장도」와 「유황고목도」가 걸려 있었는데 모두 명화였으며 그 위에 시가 씌어 있었다. 시는 누가 지은 시인지 몰라도 그 한 수는 이러하였다.

　　누구의 붓끝이기에 힘이 남아서

이렇게 강 가운데 첩첩이 둘러싸인 산을 그려냈나
장쾌하구나! 삼 만 길 되는 방호산(方壺山)[3]이
안개구름 사이로 아스라이 반쯤 드러난 모습
멀리 바라보니 아득하여 수백 리는 될 듯한데
가까이 바라보니 푸르게 쪽 진 머리처럼 솟아 있네
푸른 물결 넘실넘실 멀리 허공에 떠 있는 듯하고
저물 녘 아득히 바라보니 고향 생각 가로막는다
이를 대하니 마음 쓸쓸하고 삭막해져
비바람 부는 소상강 가에 배 띄우고 있는 듯

두 번째 시는 이러하였다.

그윽한 대숲 스치는 바람 소리 음악 소리 같고
고목은 기울어 다정한 마음 있는 듯
함부로 뻗은 뿌리 구불구불 얽혔는데 이끼는 제멋대로 나 있고
늙은 줄기는 높이 뻗어 천둥 바람도 물리칠 듯
가슴속에 절로 조화의 굴 있으니
이 오묘한 곳을 어찌 남들과 이야기할까
위언(韋偃)[4]과 여가(與可)[5]는 이미 귀신이 되었으니
천기를 누설한들 그 기미를 알 사람 있을까

---

3) 신선이 산다는 산을 말한다.
4) 당나라 때의 화가였다.
5) 송나라 때의 화가인 문동(文同)을 말한다.

밝은 창가에 우두커니 앉아 그림을 마주하니
환상적인 그림 솜씨 보고 또 보며 삼매경에 빠져든다

또 한쪽 벽에는 사계절의 경치가 붙어 있고 각각 네 수의 시가 있었는데 누가 지은 시인지 몰라도, 송설[6]의 해서체를 본떠 서체가 몹시 정교하고 아름다웠다. 그 첫째 폭은 이러하였다.

연꽃 휘장 따스한데 향기 실낱같이 여리고
창밖엔 어지러이 붉은 살구꽃 흩날리네
누각 머리에서 남은 꿈 만지작거리는데 오경 종 울리고
때까치 목련 가지에서 지저귄다

제비 날아들어 해 길어져도 문 깊이 닫고
나른해져 말없이 바늘을 멈추네
꽃들 사이로 나비 짝을 지어 날다
지는 꽃 좇아 정원 그늘로 다투어 날아든다

남은 추위 푸른 비단 치마 틈으로 살짝 스며드는데
부질없이 봄바람 대하니 말은 못하고 애가 끊어지네
멈출 수 없는 이 마음 누가 헤아려줄까
온갖 꽃 만발하고 원앙새 춤을 추는데

---

6) 조송설(趙松雪), 원나라의 서화가인 조맹부를 가리킨다.

봄빛은 깊이 황씨 넷째 집에 감추어져 있어
짙은 붉음 옅은 초록이 비단 창에 어리네
온 뜰에 향기로운 풀 우거지니 봄 마음 애달파
살짝 구슬발 걷고 지는 꽃 바라본다

그 둘째 폭은 이러하였다.

밀 처음 익기 시작하니 어미 제비 나직이 날고
남쪽 정원 여기저기 석류꽃 피기 시작하네
푸른 창 아래 아가씨 칼 놀리는 소리는
붉은 치마 만들어볼까 붉은 비단 자르는 소리인가

황매화 피는 때 비는 부슬부슬 내리고
앵무새는 회나무 그늘에서 지저귀고 제비는 주렴 사이로 날아든다
이렇게 또 한 해의 봄 풍경 저물어가고
멀구슬나무꽃 지니 대순이 뾰족하게 올라온다

봄 살구 따서 앵무새에게나 던져볼까
바람은 남쪽 난간 스치고 해그림자 더디게 가니
연잎 향기 이미 지고 못에는 물만 가득 차 있어
푸른 파도치는 깊은 곳에서 가마우지 몸을 씻네

등나무 평상 대나무 자리 파도 무늬 넘실거리고

병풍의 소상강 그림엔 한 줄기 구름이 그려져 있네
　　나른하게 늘어져 낮 꿈 깨지 못하고
　　반쯤 열린 창으로 기우는 해 서쪽을 물들이는 것 보네

그 셋째 폭은 이러하였다.

　　가을바람 쌀쌀하니 이슬 맺히고
　　가을 달빛 아름답고 물은 맑고 푸르네
　　기러기 한 번 두 번 울며 돌아가고
　　우물가 오동나무 잎 지는 소리 다시 듣는다

　　평상 아래 온갖 벌레 시끄럽게 울고
　　평상 위 미인은 구슬 같은 눈물 흘리네
　　님은 만 리 밖 싸움터로 나가 있는데
　　이 밤 옥문관(玉文關)[7]에도 달빛은 밝겠지

　　새 옷 지으려 하는데 가위가 싸늘하게 차서
　　나직이 여종 불러 다리미 가져오라 하네
　　다리미 불 다 식어 데워지지 않으니
　　아쟁 조용히 켜다 머리 긁적이다 하네

　　작은 못에 연꽃 다 지고 파초도 누렇게 시들어

---

[7] 중국의 옛 관문의 이름으로 지금의 감숙성(甘肅省)을 말하며 돈황(敦煌) 부근에 있었다.

원앙 무늬 기와에는 갓 내린 서리 엉겨 있네
묵은 근심 새로운 슬픔 막을 길이 없는데
하물며 귀뚜라미 소리까지 동방에서 들려오는구나

그 넷째 폭은 이러하였다.

매화 가지 그림자 창에 비껴 있고
바람 세찬 서쪽 복도에는 달빛이 환하네
화롯불 사그라지기 전
일하는 아이 얼른 불러 차 솥 가져오라 하네

나뭇잎은 밤 서리에 자주 놀라고
회오리바람에 흩날리는 눈 긴 복도로 들이친다
까닭 없는 하룻밤의 그리운 꿈은
온통 빙하의 옛 싸움터에 있네

창에 가득 비치는 붉은 해 봄의 온기 같고
근심 어린 눈썹엔 졸음기가 남아 있네
병에 심긴 어린 매화 반쯤 뺨을 드러내니
수줍어 말 못하고 원앙만 수놓고 있네

쌩쌩 부는 서릿바람 북쪽 숲에 몰아치는데
추운 까마귀 달 보고 지저귀니 마음에 사무치네
등잔 앞에서 님 그리며 눈물지으니

꿰매는 실에 눈물방울 떨어져 잠시 바늘을 멈추네

한쪽 옆에 작은 방 하나가 따로 있었는데 그 방 또한 휘장과 이부자리가 매우 잘 정돈되어 있었다. 휘장 밖에서 사향을 사르고 난초 기름으로 불을 밝혀 휘장 안쪽으로 밝은 빛이 비치니 대낮같이 환했다. 이생은 여자와 함께 사랑을 나누고 며칠을 더 머물렀다.

하루는 이생이 여자에게 말했다.

"옛 성현이 말씀하시기를 '부모가 계시면 밖에 나갈 때 반드시 행방을 알리라.'고 했는데 이제 나는 아침저녁 문안을 못 드린 지 벌써 사흘이 지났소. 부모님께서 문에 기대 나를 기다리실 텐데 이는 자식의 도리가 아니오."

여자가 슬퍼하면서도 고개를 끄덕이고는 담장을 넘어 보내 주었다.

이생이 그 뒤로 밤마다 여자 집에 가지 않을 때가 없었다. 어느 날 저녁 이생의 아버지가 물었다.

"네가 아침에 나갔다가 저녁에 돌아오는 것은 옛 성현이 말한 인의의 격언을 배우기 위한 것이다만, 밤에 나가서 새벽에 돌아오는 것은 무슨 일을 위한 것이냐? 필시 경박한 사람 모양으로 담장을 넘어가서 남의 집 아가씨를 엿보는 일이나 하고 다니는 것이겠지. 일이 드러나면 사람들이 모두 내가 아들을 엄히 가르치지 못했다고 탓할 것이고, 만약에 그 여자가 높은 가문에 잘사는 집 딸이기라도 하면 너의 정신 나간 행동이 그 집안을 더럽히고 남의 집에 해를 끼치는 것일 테니 그 일이 작은 일이 아니다. 당장 영남으로 가서 종들을 데리고 농사나 감독하고 다시는 돌아오지 마라."

그러고는 바로 그다음 날 울주로 보내버렸다.

여자는 매일 저녁 화원에서 기다렸으나 이생은 몇 달이 지나도록 돌아오지 않았다. 여자는 이생이 병에 걸렸나 해서 향아를 시켜 이생의 이웃에 몰래 물어보게 하였다. 이웃집 사람이 말하였다.

"이랑이 아버지에게 잘못을 저질러서 영남에 간 지 벌써 몇 달 되었습니다."

여자가 이 말을 듣고 병이 들어 자리에 앓아누워서 이리저리 뒤척이며 일어나지 못하고 물도 마시지 않고 말은 조리가 없었으며 피부는 까칠하고 초췌해졌다. 부모가 이상하게 여겨 증세를 물어보았으나 여자는 입을 다물고 말하지 않았다. 부모가 그 상자를 뒤져 이생이 전날 화답한 시를 찾아내고는 무릎을 치고 놀라면서 말하기를,

"하마터면 내 딸을 잃을 뻔했구나."

하고 물었다.

"이생이 누구냐?"

그제야 여자는 다시 숨기지 못하고 목구멍에 기어들어 가는 소리로 자세하게 이야기하고 부모에게 말했다.

"아버지 어머니께서 길러주신 은혜가 깊어 숨기지 못하겠습니다. 제가 생각하기에 남녀가 서로 좋아하는 것은 인정에 지극히 중한 것입니다. 그래서 여자가 짝을 구하는 마음을 읊은 시가 『시경(詩經)』의 「주남(周南)」에 있고, 여자가 정조를 지키

지 못하면 흉하다고 『주역(周易)』에서 경계하고 있습니다. 제가 버들같이 약한 몸으로 버림받을 것을 생각하지 못하고 길가의 이슬이 옷에 젖듯이 절개를 지키지 못했으니 주위 사람들의 비웃음을 받게 되겠지요. 덤불이 나무에 의탁하듯 창부의 행실을 하였으니 죄가 이미 가득 찼고 집안에도 누를 끼쳤습니다. 그러나 저 고약한 남자는 나와 한 번 사랑을 나눈 뒤로 교생처럼 원망스러운 일만 하고 갔습니다. 보잘것없는 약한 몸으로 근심을 견디며 홀로 지내자니 그리운 마음이 나날이 깊어지고 병은 나날이 심해져서 죽을 지경에 이르러 궁한 귀신이 돼버릴 것 같습니다. 부모님께서 내 소원을 들어주신다면 남아 있는 목숨을 보전하고, 만약 사랑하는 마음을 어기게 하신다면 죽을 뿐 이생과 더불어 황천에서 다시 만나 노닐지언정 맹세코 다른 집에는 가지 않겠습니다."

부모가 딸의 뜻을 알게 된 뒤로는 다시 병에 대해서 묻지 않았다. 한편으로는 타이르고 한편으로는 달래면서 그 마음을 풀어주기 위해 중매의 예를 갖추어 이씨 집안에 혼인 의사를 물었다. 이씨가 최씨 집안의 문호가 어떠한지를 물어보고는 말했다.

"우리 아이가 비록 어리고 제멋대로이지만 학문이 정통하고 생긴 것도 남보다 못하지 않습니다. 기대하는 것은 훗날 과거에 장원급제해서 이름을 드날리는 것이니 빨리 장가보내기를 원치 않습니다."

중매하는 사람이 돌아와 이 말을 고하니 최씨가 다시 보내며 말했다.

"한때의 벗들이 모두 일컫기를 그대의 아들은 재주가 남보다 뛰어나다고 하더군요. 비록 아직은 웅크리고 있지만 어찌 못 속에 있는 이무기와 같겠습니까? 속히 좋은 인연을 정해서 혼인을 치르는 것이 좋겠습니다."

중매하는 사람이 또 가서 이 말을 전하니 이생의 아버지가 말했다.

"저 역시 어려서부터 책을 붙들고 경전을 파고들었지만 늙도록 이룬 것이 없습니다. 종들은 달아나고 친척들은 잘 도와주지 않아서 생애가 쓸쓸하고 살림은 초라합니다. 하물며 큰 집안에서 어찌 한낱 한미한 유생을 데릴사위로 삼을 생각을 했겠습니까? 이는 반드시 호사가가 우리 집안을 지나치게 추켜세워서 높은 집안에 잘못 말한 것이겠지요."

중매하는 사람이 또 최씨 집에 가서 이 말을 전하니 최씨 집안에서 말했다.

"납채(納采)[8]하는 예나 옷을 짓는 일 따위는 우리가 모두 마련하겠습니다. 마땅히 길일을 택하여 혼례 치를 날을 정합시다."

중매하는 사람이 다시 가서 이 말을 전했다. 이씨 집안이 그제야 마음을 조금 돌리고 바로 사람을 보내 이생을 부른 뒤 그 뜻을 물으니 이생이 기쁨을 이기지 못하고 시를 지었다.

깨진 거울 다시 합해 만날 때가 되었으니
은하수의 오작교가 아름다운 만남을 도와주겠지

---

8) 육례(六禮)의 하나로, 혼례 때 신부 집에서 혼례를 청하며 보내는 예물을 말한다. 한국에서는 납폐(納幣)의 뜻으로 신랑 집에서 신부 집에 보내는 예물을 뜻한다.

이제 월하노인이 우리를 묶어주리니
봄바람은 두견새를 원망하지 말라

여자도 이를 듣고 병이 조금 나아져서 또 시를 지었다.

나쁜 인연이 좋은 인연이 되었으니
맹세한 말이 끝내 이루어져 둥글게 되었구나
함께 작은 수레 밀고 갈 날 언제인가
아이야 나를 일으키고 꽃 비녀 꽂아다오

이에 길일을 택해서 드디어 혼인을 올리고 만남을 잇게 되었다. 함께 살게 된 뒤로 부부는 사랑하고 공경하여 서로를 손님같이 대하였으니 비록 양홍이나 맹광, 포선과 환소군[9]도 그 절의를 말하기에 부족하였다. 이생은 그 이듬해 과거에 급제하여 관리가 되고 그 명성이 조정에 알려졌다.

신축년(1361년)에 홍건적이 경성을 침략하여 왕이 복주로 옮겨 갔다. 적들은 집들을 불태워 없애고 사람과 가축을 죽이고 잡아서 구워 먹으니 부부와 친척이 서로 보호해 주지 못하고 동서로 달아나 각각 살기를 꾀하였다. 이생이 식구들을 이끌고 궁벽한 낭떠러지에 숨었는데 한 도적이 칼을 들고 따라왔다.

---

[9] 포선(鮑宣)과 환소군(桓少君)은 후한 사람으로 포선이 그 아내인 소군이 해온 혼수가 성대한 것을 보고 기뻐하지 않자 소군은 짧은 베옷으로 갈아입고 포선과 함께 작은 수레를 끌고 시집으로 가서, 시어머니에게 예를 다하고 항아리를 들고 손수 물을 길며 부도(婦道)를 다하여 사람들의 칭송을 받았다고 한다. 이후 사슴이 끌 만한 작은 수레인 녹거(鹿車)를 끌고 귀향했다.

이생은 달아나서 벗어났으나 여자는 도적에게 사로잡혔다. 도적이 다가가자 여자가 큰 소리로 꾸짖기를,

"귀신 같은 놈! 나를 잡아먹어라. 차라리 죽어 시랑이[10] 배 속에서 장사 지낼지언정 어찌 개돼지 같은 놈의 짝이 되겠는가?"

하니 적이 분노하여 여자를 죽이고 살을 발라냈다.

이생은 들판에 숨어 겨우 목숨을 보전하였다. 적이 모두 사라졌다는 말을 듣고 드디어 부모님이 계시던 옛집으로 찾아가니 그 집은 이미 전쟁으로 불에 타버리고 없었다. 또 여자의 집으로 가니 행랑은 황량한데 쥐는 찍찍거리고 새가 지저귀고 있었다. 이생이 슬픔을 이기지 못해 작은 누각에 올라가 눈물을 닦고 길게 한숨만 내쉬고 있었다. 어느새 날이 저물고 우두커니 홀로 앉아서 이전에 놀던 것을 생각하니 흡사 한바탕 꿈과 같았다. 이경 무렵 달빛이 희미한 빛을 토하여 들보를 비추기 시작했다. 그때 행랑 아래에서 차츰 소리가 나더니 발소리가 멀리서부터 점점 가까워졌다. 온 사람은 최씨였다. 이생이 비록 이미 죽은 줄을 알고 있었지만 사랑하는 마음이 너무 깊어서 다시 의심하지 않고 급히 물었다.

"어느 곳으로 피했기에 목숨을 보전하였소?"

여자가 이생의 손을 잡고 한바탕 통곡을 하고는 사정을 이야기하였다.

"제가 본래 좋은 집안에 태어나 어려서 부모님의 가르침을

---

10) 승냥이와 이리를 아울러 이르는 말이다.

잘 받들고 수놓기와 바느질 같은 일을 잘하였고 『시』와 『서』의 인의의 방도를 공부하였습니다. 규방을 다스리는 일만 알았지, 집 밖의 일을 어찌 알았겠습니까? 그러나 붉은 살구꽃 핀 담장을 한 번 엿본 뒤로 푸른 바다의 구슬을 바쳤습니다. 꽃 앞에서의 한 번 웃음으로 평생의 사랑을 맺은 거지요. 휘장 안에서 다시 만나니 정은 백 년 쌓인 것보다 더했습니다. 말이 여기에 이르니 슬픔과 부끄러움을 어찌 이길 수 있겠습니까? 장차 함께 늙어가고 더불어 돌아갈 것이라 여겼지, 중도에 꺾여 도랑에 구르게 될 줄 생각이나 했겠습니까? 끝내 시랑이에게 몸을 맡기지 않고 진흙 모래에서 살이 찢어지기를 스스로 선택했으니, 이는 실로 타고난 천성으로 자연히 그렇게 한 것이나 인정으로 차마 할 수 없는 일이었지요. 궁벽한 낭떠러지에서 한스러운 이별을 한 뒤 끝내 흩어져, 날아가는 한 마리 새가 되었습니다. 집은 없어지고 부모님은 돌아가셨으나 혼백이 깃들 데 없는 것이 가슴 아픕니다. 의는 중하고 목숨은 가벼우니, 바라건대 남은 시신이 욕을 면하게 해주십시오. 누가 마디마디 끊어진 잿더미 같은 마음을 불쌍히 여기겠습니까? 다만 마디마디 잘린 썩은 창자에 맺혀 있을 뿐이겠지요. 해골은 들판에 드러나 있고 간담은 땅에 발려 있습니다. 곰곰이 생각해 보니 옛날의 즐거움이 바로 오늘의 근심과 원망이 되었군요. 이제 추율(鄒律)[11]은 저승에서 울려오고 천녀는 이승으로 다시 돌아오는군요. 봉래산에서 만나자는 약속 깊었고 취굴(聚窟)에 삼생(三

---

11) 추연(鄒衍)의 곡조. 추연은 전국시대 제나라 사람으로 추운 지방에서 피리를 부니 날씨가 따뜻해졌다고 한다.

生)¹²⁾의 향기 짙게 퍼집니다. 이제 다시 만났으니 이전의 맹세를 다시는 저버리지 맙시다. 혹시라도 잊지 않았다면 끝내 좋은 인연이 될 터이니 이 낭군께서는 허락하시겠습니까?"

이생이 한편으로는 기뻐하고 한편으로는 감격하여 "실로 바라던 바요."라고 하고 서로 애틋하게 마음속의 일을 이야기하였다. 집안의 재산을 모두 노략질당하고 남아 있는 것이 없다는 말에 이르자 여자가 말했다.

"일부는 잃어버리지 않고 아무 산 아무 골짜기에 묻어두었습니다."

이생이 또 묻기를,

"양가 부모님의 시신은 어디에 있소?"

하니 여자가 말했다.

"아무 곳에 버려져 있습니다."

사정을 이야기한 뒤 함께 잠자리에 들었는데 지극한 즐거움은 예전과 같았다.

다음 날, 이생과 함께 묻어둔 곳을 찾아가니 과연 금은 덩어리 몇 개와 재물 약간을 얻을 수 있었다. 또 양가 부모의 시신을 수습한 뒤 금을 팔고 재물을 팔아서 오관산 기슭에 각각 합장하고 나무를 심고 제사를 올렸는데 모두 그 예를 다하였다.

그 뒤 이생 또한 벼슬에 나가기를 구하지 않고 최씨와 함께 지냈다. 도망간 종들도 제발로 돌아왔다. 이생은 그 뒤로 세상

---

12) 취굴은 신선이 사는 곳으로 「해내십주기(海內十洲記)」에 의하면 취굴주(聚窟洲)는 서해에 있는 땅이다. 삼생은 불교에서 말하는 전생, 현생, 내생을 뜻한다.

일에 관심이 없어져 친척이나 손님 들의 축하할 일이나 조문할 일이 있어도 문을 닫아걸고 나가지 않았다. 늘 최씨와 함께 지내며 시를 주고받거나 거문고를 함께 타면서 몇 년을 보냈다.

하루 저녁 여자가 이생에게 말하기를,

"세 번이나 아름다운 기약을 맺었으나 세상일이 뜻대로 되지 않는군요. 즐거움이 아직도 남았는데 슬픈 이별이 갑자기 닥쳤으니."

라고 하고는 소리를 내어 흐느꼈다. 이생이 깜짝 놀라 묻기를,

"무엇 때문에 이렇게 된 거요?"

하자 여자가 말하기를,

"저승의 운수는 피할 수 없습니다. 천제께서 제가 그대와의 연분이 끊어지지 않았고 또 죄도 없이 장애를 만났다고 해서 환체를 빌려주어, 그대와 잠깐이나마 슬픈 마음을 달래게 해주셨습니다. 세상에 오래 머물러 이승의 사람들을 혹하게 할 수 없습니다."

라고 한 뒤 여종을 시켜 술을 내어 오게 하고는 「옥루춘(玉樓春)」한 곡조를 부르고 이생에게 술을 권하였다. 노래는 이러하였다.

> 칼과 창이 눈앞 가득히 서로 부딪친 곳에
> 옥 부서지고 꽃 날리더니 원앙새는 짝을 잃었네
> 해골 어지러이 흩어져 있으나 누가 묻어줄까
> 피로 얼룩져 떠도는 넋은 더불어 말할 사람도 없는데

고당에서 한 번 내려온 무산의 신녀
　　깨진 거울 다시 쪼개지니 참담하기만 한 마음
　　이제 한 번 헤어지면 우리 둘 아득히 멀어지리니
　　천상과 인간 세계는 소식 막혀 전하지 않기 때문이지

　노래 소리 한 마디 나올 때마다 흐느껴 자꾸 눈물이 떨어지니 거의 곡조를 이루지 못했다. 이생도 처연해져 한탄하기를 마지않으며 말했다.
　"차라리 낭자와 함께 구천에 갈지언정 어찌 하릴없이 홀로 남은 생을 보전하겠소? 지난번에 난을 겪은 뒤 친척과 종들이 각각 어지럽게 흩어지고 돌아가신 부모님의 해골은 어지러이 들판에 굴러다닐 때, 낭자가 아니었다면 누가 제사 지내고 묻어주었겠는가? 옛사람이 말하기를 '살아서는 예로써 섬기고 죽어서는 예로써 장사지낸다.'라고 했는데 낭자는 이를 모두 다 실천하였으니 천성이 효성스럽고 인정이 두터운 사람이오. 감격스러움은 한량없고 자괴감을 이길 수 없소. 인간 세상에 더 머물렀다 백 년 뒤에 함께 묻힙시다."
　여자가 말했다.
　"이 낭군의 수명은 아직 남아 있지만 저는 이미 귀신 명부에 올라 있으니 더 오래 보지 못합니다. 만약 인간 세상에 연연해 하면 명을 어기는 것이니 나에게 죄를 줄 뿐 아니라 그대에게도 누가 미칠 것입니다. 저의 유골이 아무 곳에 흩어져 있으니 은혜를 베풀어주시려거든 바람과 햇빛에 드러나지 않게 해주십시오."

서로 바라보며 눈물을 흘리다가 여자가 말했다.
"이 낭군, 잘 계십시오."
말을 마치자 점점 사라지더니 자취가 없어졌다.
이생이 유골을 수습하여 부모님 묘 옆에 묻어주었다. 장례를 마치고 나서 이생 또한 그리움 때문에 병이 들어 몇 달 뒤에 죽었다. 이 말을 들은 사람들은 마음 아파하고 탄식하며 그 의리를 사모하지 않음이 없었다.

【취유부벽정기】
醉遊浮碧亭記

부벽정에서의 짧은 만남

 평양은 옛 조선의 서울이다. 주나라 무왕이 은나라를 정복하고 기자(箕子)[1]를 찾아가니, 기자가 홍범구주(洪範九疇)[2]의 일을 설명해 주었다. 그 뒤 무왕이 기자를 이곳 평양의 왕으로 봉하고 신하로 삼지 않았다. 경치가 좋기로 이름난 곳으로는 금수산, 봉황대, 능라도, 기린굴[3], 조천석[4], 추남허 등이 있는데 모두 옛 유적지이며 영명사, 부벽정도 그중 하나이다.

 영명사는 바로 동명왕의 구제궁으로 성 밖 동북쪽으로 이십 리 되는 곳에 있다. 긴 강을 내려다보고 멀리 펼쳐진 평원이 끝

---

1) 은나라의 현자로, 이름은 서여(胥餘) 또는 수수(須臾)이다. 은나라의 현인으로 조선으로 와서 왕으로 봉해졌다.
2) 『서경』의 「주서」에 나오는 편명으로 홍범은 큰 법, 구주는 아홉 가지 부류를 뜻한다.
3) 부벽루 아래에 있는 굴로, 동명왕이 기린마를 타고 이 굴에 들어갔다가 조천석에 올라 승천하였다는 전설이 있다.
4) 기린굴 남쪽에 있는 바위로 동명왕이 이 바위에서 하늘로 올라갔는데, 그 말 발굽 자국이 남아 있었다고 한다.

없이 바라보이는, 참으로 경치가 아름다운 곳이다. 저녁이면 화려한 배와 장삿배 들이 대동문 밖 버들 숲 속의 낚시터에 배를 대곤 했는데 계속 머물게 되면 반드시 물을 거슬러 올라가 이곳에서 맘껏 구경하고 실컷 즐기다가 돌아갔다. 정자 남쪽에는 돌을 다듬어 만든 층계가 있는데 왼쪽은 청운제, 오른쪽은 백운제로 돌에 글자를 새긴 화려한 기둥을 세워놓아서 호사자들의 구경거리로 삼았다.

조선 세조 때 개성에 홍생이라는 부자가 있었다. 그는 젊고 얼굴이 잘생겼으며 태도가 우아하고 글을 잘 지었다. 팔월 한가윗날을 맞아 친구들과 함께 평양에 가서 여자들을 유혹하려고 선창가에 배를 대니 성안의 이름난 기생들이 모두 성문까지 나와서 눈길을 던졌다.

이때 성안에 살던 옛 친구 이생이 잔치를 열어 홍생을 위로해 주었다. 홍생이 술에 취해 배로 돌아와서는 밤공기가 싸늘해 잠을 이루지 못하고 있었다. 그때 문득 장계(張繼)[5]의 「풍교야박(楓橋夜泊)」이라는 시가 떠올랐다. 홍생이 흥을 이기지 못하고 작은 배를 타고 달빛을 받으며 노를 저어 올라가면서 흥이 다하면 돌아오리라 마음먹었는데 이르고 보니 부벽정 아래였다.

홍생은 갈대숲에 닻줄을 묶고 계단을 올라가 난간에 기대 주위를 훑어보며 낭랑하게 시를 읊조리고 맑은 소리로 휘파람을 불었다. 그때 달빛은 바다와 같고 넘실대는 달빛은 흰 비단을

---

5) 중국 당나라 시인이었다.

펼쳐놓은 것 같았다. 기러기는 모래톱에서 울고 학은 소나무의 이슬에 놀라니 그 서늘한 느낌이 마치 달나라나 신선 세계에 오른 듯했다. 옛 도읍을 돌아보니 회칠한 성곽은 안개가 에워싸고 있고 외로운 성은 파도만 때리고 있었다. 이를 본 홍생은 기자가 은나라의 폐허에 보리만 우거진 것을 보고 탄식했던 것처럼 한숨이 나왔다. 이에 시 여섯 수를 지었다.

    대동강 정자에 올라 시 읊기 견디기 어려워라
    흐느끼며 흐르는 강물 애간장을 끊으니
    옛 서울엔 이미 용과 호랑이의 기상이 사라졌어도
    황량한 성엔 아직 봉황 모습 남아 있네
    모래밭에 달 밝은데 기러기는 돌아갈 곳 잃고
    뜰 풀밭에 안개 걷히니 반딧불만 반짝이네
    풍경 쓸쓸하고 세상일도 바뀌어
    한산사 안에서 종소리 듣는다

    옛 궁궐의 가을 풀 차고도 쓸쓸한데
    굽이도는 돌층계는 구름 덮혀 올라가는 길 희미하네
    기생집 옛터엔 잡초 우거져 담장과 나란하고
    성가퀴엔 조각달 비추고 까마귀만 우는구나
    풍류 즐기던 사람들 모두 흙으로 돌아가고
    적막한 빈 성에 남가[6]만 흩어져 있네

---

6) 남가샛과의 한해살이풀인 남가새의 옛말이다.

강물만이 옛날처럼 흐느껴 울며
도도히 흘러흘러 서쪽 바다로 가는구나

대동강 물빛 쪽빛보다 푸르러도
천고 흥망의 한은 건디지 못하리도다
임금님 마시던 우물 말라 넝쿨 가지 드리워 있고
돌로 쌓은 단 이끼 끼고 능수버들 녹나무 에워싸고 있네
낯선 고을에서 읊조린 풍월 시 천 수에 이르니
옛 서울 생각에 술이 취해 오는구나
밝은 달 아래 난간에 기대어 잠 못 이루는데
깊은 밤 계수나무 꽃 지는 소리

한가위 달빛 곱고 아름다워도
한눈에 들어오는 외로운 성 쓸쓸하기도 해라
기자의 궁궐터엔 교목이 늙어가고
단군 사당 벽엔 담쟁이만 얽혀 있구나
영웅이 적막하니 이제 어디에 있는가
초목이 아련하니 영웅 간 지 몇 해나 되었나
오직 옛날의 밝은 달만 남아
맑은 빛 흘려 옷자락 물들이네

동산에 달 뜨고 까막까치 날아오르는데
밤은 깊어 찬 이슬 옷에 스며드네
천년의 문물 의관 흔적 없이 사라지고

산하는 옛 모습이로되 성곽은 옛 모습 아니구나
동명왕 조회하러 하늘 올라간 뒤 아직 돌아오지 않는데
영락한 세상 누구에게 의지할까 부질없이 이야기하네
기린이 끌던 금 수레는 자취도 없고
가마 타던 길엔 수풀 우거지고 스님 홀로 돌아가네

뜰의 풀은 차디찬 가을 이슬에 시들고
청운교는 백운교를 마주하고 있네
수나라 병사들의 넋은 여울 따라 흐느끼고
수양제의 정령은 원통한 매미가 되었구나
말 달리던 길 아지랑이에 묻힌 채 가마 행차 끊기고
소나무 쓰러진 행궁에 저녁 종소리 흩어지네
높은 데 올라 읊조린들 뉘와 더불어 즐기리
밝은 달 맑은 바람에 이 맑은 흥 끝이 없는데

 홍생이 시를 읊고 나서는 손바닥을 치며 느리게 춤을 추기 시작했다. 한 구절을 읊을 때마다 탄식이 이어지니 비록 뱃전을 두드리고 피리를 불며 주고받는 즐거움은 없었으나 마음속 깊이 울리는 바가 있어, 깊은 골짜기에 잠겨 있는 이무기를 춤추게 하고 외로운 배의 과부도 눈물 흘리게 할 만했다. 읊기를 마치고 돌아가려고 하니 이미 밤이 깊어 자정이 지나 있었다. 이때 갑자기 서쪽에서 발소리가 들려왔다. 홍생이 속으로 생각하기를,
 '절의 중이 내 소리를 듣고 놀라서 오는 것이겠지?'

하고 앉아서 기다려보니 한 미인이 나타났다.

여종이 좌우에서 모시고 따라왔는데 한 명은 옥 자루로 된 불자(佛子)[7]를 들고 한 명은 가벼운 비단부채를 들고 있었다. 여자의 태도와 모습이 단정해서 마치 귀한 집의 처자 같았다. 홍생은 계단을 내려가 담장 틈으로 피해서 여자의 행동을 지켜보았다.

여자는 남쪽 난간에 기대 달을 바라보며 나지막이 시를 읊었는데 그 풍류와 태도가 의젓하고 범절이 있었다. 시녀가 화려한 방석을 받들어 내오자 여자가 얼굴빛을 고치고 자리에 앉으며 옥 같은 목소리로 말했다.

"여기서 시를 읊던 분은 지금 어디 계신가요? 저는 꽃과 달의 요정도 아니요, 연꽃 위를 걸어 다니는 아름다운 여인도 못 됩니다. 마침 오늘 저녁 하늘은 끝없이 트여 광활한데 구름 한 점 없고 달은 떠오르고 은하수는 맑으며 계수나무 열매 떨어지고 달 속의 궁전은 차디차군요. 술 한 잔과 시 한 수로 그윽한 정을 펴면서 이처럼 좋은 밤을 보내는 것이 어떠하올지?"

홍생이 이 말을 듣고 한편으로는 두렵고 한편으로는 좋아서 계속 머뭇거리다 조그맣게 기침 소리를 냈다. 시녀가 소리를 찾아와서 청하기를,

"우리 주인아씨께서 모셔오라 하십니다."

하니 홍생이 주춤주춤 나와 절을 하고 꿇어앉았다. 여자 또한

---

7) 짐승의 꼬리털 또는 삼 따위를 묶어서 자루에 맨 것. 원래 인도에서 벌레를 쫓을 때 사용하였는데, 중국이나 우리나라에서는 선종의 승려가 번뇌와 어리석음을 물리치는 표지로 지닌다.

그다지 공경하는 빛 없이,

"그대도 이리 올라오시죠."
하고 말할 뿐이었다.

시녀가 낮은 병풍으로 여자를 살짝 가려 얼굴의 반만 볼 수 있었다. 여자가 조용히 말했다.

"그대가 읊은 것이 무슨 말입니까? 저를 위해 한번 들려주십시오."

홍생이 한 줄 한 줄 읊어주자 여자가 웃으며 말했다.

"그대는 더불어 시를 이야기할 만한 분이시군요."

즉시 시녀를 명하여 술을 내와서 한 잔 올리게 했는데 차려놓은 음식이 인간 세상의 것과 달라, 먹으려 해도 단단해서 씹을 수가 없고 술도 써서 마실 수가 없었다. 여자가 빙긋이 웃으면서 말했다.

"속세의 선비가 선인이 마신다는 백옥례와 용 고기로 만든 홍규포를 어떻게 알겠는가?"

그러고는 시녀에게 명하였다.

"너는 빨리 신호사에 가서 절밥을 조금만 얻어 오너라."

시녀가 명을 듣고 가서 곧 음식을 얻어 왔는데 밥만 있고 반찬이 없었다. 여자가 다시 시녀에게 명하였다.

"주암에 가서 반찬을 얻어 오너라."

시녀가 잠시 후에 잉어 구이를 얻어 오니 홍생이 그것을 먹었다. 먹기를 마치자 여자는 벌써 홍생의 시에 화답하는 시를 계수나무 종이에 써서 시녀로 하여금 홍생의 앞에 던지게 하였다. 그 시는 이러하였다.

동정의 오늘 밤 달빛 밝아
맑은 대화 나누니 그 감개가 어떠한가
희미한 나무 빛 푸른 일산(日傘)[8] 펼친 듯하고
넘실대며 흐르는 강물은 비단 치마 두른 듯

세월은 나는 새처럼 문득 다 날아가 버리고
세상일은 달아나는 파도 같아 거듭 놀라네
이 밤의 정회를 누가 알아주리
안개 낀 넝쿨 사이로 종소리만 들려오네

옛 성 남쪽 바라보니 대동강 분명히 보이고
푸른 물 흰 모래사장에 기러기 떼 울고 있네
기린 수레 돌아오지 않고 용도 이미 떠나
봉황 소리 진작 끊어지고 흙은 무덤이 되었구나

안개 끼어 비 내리려 할 제 시가 이루어지고
들판 절에서 홀로 술이 취하였네
구리 낙타 가시덤불에 묻힌 것을 차마 보니
천년의 자취도 뜬구름이구나
풀뿌리에서 귀뚜라미 흐느낄 제
높이 정자에 오르니 생각이 아득하네

---

8) 높은 사람이 행차할 때 받치던 양산이다.

비 그치고 남은 구름 보니 지난 일 애달프고
지는 꽃 물에 떠가니 가는 세월 서글퍼
파도에 가을 기운이 더해지니 물결 소리 커지고
누정 그림자 강에 잠긴 위로 달빛은 처량도 해라
이곳이 옛날 문물 화려하던 곳인가
황량한 성 드문드문 남은 나무 애간장을 끊는데

금수산 앞엔 비단 같은 잎사귀 쌓였고
강가 단풍은 옛 성 모퉁이 비추네
또닥또닥 어느 곳엔가 다듬이 소리 고달프고
어기여차 노 젓는 소리에 고깃배 돌아온다
바위에 기댄 고목엔 넝쿨 얽혀 있고
잡초 속의 잘린 비석엔 이끼가 끼었네
난간에 기대 말없이 옛일을 서글퍼하니
달빛 소리 파도 소리 온통 슬픔이로다

드문드문 성근 별 옥경을 비추고
은하수 맑고 달빛 밝게 비치네
이제야 알겠네 좋았던 일도 모두 허사임을
점치기 어려워라 다음 생에도 이런 삶 만나게 될지
좋은 술 한 동이로 실컷 취하고
풍진의 법에 마음 두지 말라
만고 영웅도 흙먼지 되었고
세상엔 부질없이 이름만 남았으니

이 밤을 어이하리 이 밤 깊어만 가는데
낮은 담장 위로 지는 달 둥글기도 해라
그대는 나와 두 세상을 떨어져 있었어도
나를 만났으니 천 날의 즐거움을 누리시라
강가의 아름다운 누정에선 사람들 흩어지고
계단 앞 나무 첫 이슬에 젖고 있네
앞으로 만날 곳을 알고 싶으시런가
봉래산에 복숭아 익고 푸른 바다 마를 때리라.

홍생이 시를 받아보고 기쁘기는 했으나 그녀가 그냥 돌아갈까 봐 이야기를 나누면서 머물게 하려고 물었다.
"감히 성씨와 집안을 여쭈옵니다."
여자가 한숨을 쉬며 대답했다.
"저는 은왕의 후예요, 기씨의 딸입니다. 나의 선조가 이 땅에 봉해진 뒤 예악과 형전은 모두 탕임금의 가르침을 따르고, 여덟 가지 금법으로 백성을 가르치니 문물이 아름답고 번화한 것이 천 년이 넘었지요. 그러다 하루아침에 하늘의 운세가 어려워져 환난이 닥치고 아버님께서는 필부의 손에 크게 패하여 마침내 나라를 잃었습니다. 위만이 이때를 타 임금의 보위를 훔쳐 조선의 왕업이 무너지고 말았지요. 저는 이리저리 떠돌며 어려움을 겪었으나 정절을 지키기 위해 죽기만 기다렸습니다. 그러던 중 문득 한 신인(神人)이 나를 다독이며, '나도 이 나라의 첫 선조이다. 나라를 다스린 뒤 바다의 섬으로 들어와서 신선이 되어 죽지 않은 것이 벌써 수천 년이다. 너도 나를 따라

자부 현도로 가서 소요하며 즐기는 것이 어떠하냐? 라고 하여 제가 '그러겠다.' 라고 하니 마침내 저를 데리고 거처하는 곳에 이르러서 별관을 지어주고 현주의 불사약[9]을 먹게 해주었습니다. 약을 먹은 지 며칠이 지나자 문득 몸이 가벼워지고 기운이 씩씩해지는 느낌이 들더니 날개가 돋으며 신선이 되는 것 같았습니다. 그 뒤로 구천 바깥을 두루 다니고 온 세계를 떠돌았으며 동천 복지와 신선이 산다는 십 주와 삼 도를 두루 유람하였지요. 어느 가을날 날씨가 맑아 하늘이 깨끗하여 달빛 또한 물같이 맑은데 달을 올려다보니 훌쩍 멀리 떠나고 싶은 마음이 일어나더군요. 마침내 달나라에 올라가서 광한전 청허부에 들어가 수정궁 안에서 항아에게 인사를 올렸지요. 항아는 내가 정숙하고 문장을 잘한다고 칭찬하면서 나를 유혹하기를 '아래 세상의 선경이 아무리 복지라 해도 모두 티끌에 불과하다. 어찌 푸른 하늘을 밟고 흰 난새로 수레를 끌게 하고, 붉은 계수나무에서 맑은 향기를 따고, 하늘에서 차가운 달빛을 머금고 옥경에 노닐며, 아름다운 은하수에서 헤엄치는 것과 같겠는가?' 하고 곧 향안(香案)[10]을 받드는 시녀로 명하고 곁에서 일하게 해주었으니 그 즐거움을 말로 다할 수 없었습니다. 그런데 오늘 밤 갑자기 고향 생각이 나서 하루살이 같은 세상을 내려다보며 고향을 엿보니 경물은 그대로인데 사람은 간데없고 흰 달빛은 전란의 흔적을 가리고 흰 이슬은 땅덩이에 쌓인 먼지를

---

9) 중국 고대 전설에 신선이 산다는 열 개의 섬이 나오는데 그중 현주(玄洲)라는 섬에서 나는 선약을 먹으면 불로장생한다는 내용이 있었다.
10) 옥황상제 앞에 높는 향로를 받치는 상을 말한다.

씻어냈더군요. 그래서 하늘 세계를 하직하고 아래로 내려와 조상의 묘에 인사드린 뒤 강가의 정자나 구경하면서 회포를 풀고자 했지요. 그런데 마침 문사를 만나니 한편으로는 기쁘고 한편으로는 부끄럽더군요. 그래서 그대의 아름다운 문장에 기대 감히 둔한 붓을 놀려 써본 것입니다. 감히 잘 쓴다 할 수는 없지만 오로지 마음속의 생각을 펼쳐내고 싶었던 거지요."

홍생이 두 번 절하고 머리를 조아리며 말했다.

"아래 세상의 어리석은 인간이 초목과 더불어 썩어가는 것을 달게 여길 뿐 왕손이신 천녀와 함께 시를 주고받을 줄 생각이나 했겠습니까?"

홍생이 그 자리에서 여자가 쓴 시를 한 번 훑어보고 외웠다. 그리고 다시 엎드려 말했다.

"어리석은 저는 전생의 죄가 깊고도 두터워 신선의 음식을 먹을 수가 없습니다. 그나마 대충 글자를 알아서 선녀의 노래를 조금이라도 이해할 수 있으니 얼마나 다행인지요. 이는 참으로 기이한 일입니다. 좋은 것을 다 갖추기는 어렵지만 '가을밤에 강가 정자에서 달을 구경하다.' 로 제목을 삼아 사십 운을 지어 가르쳐주시기를 다시 한 번 청합니다."

미인이 고개를 끄덕이고 붓을 적셔 단번에 써 내려가니 구름과 안개가 부딪쳐 뭉글뭉글 피어나는 것 같았다. 단숨에 붓을 달려 지은 것은 다음과 같다.

    달빛 흰 강가 정자의 밤
    긴 하늘에 옥 이슬 흐르는데

맑은 빛은 은하수에 잠기고
청명한 기운 오동과 가래나무에 서렸네
밝고 깨끗한 삼천세계
아름다운 열두 누각
가는 구름 반점도 없고
산들바람 두 눈을 씻어주네
넘실넘실 흐르는 물 따라
아스라이 떠가는 배 배웅하고
봉창 틈으로 엿보네
어리비치는 갈대밭 그림자
예상곡(霓裳曲)을 듣는 것 같고
옥도끼 자국을 보는 것 같아
조개는 패궐을 잉태하고
무소의 빛무리 염부에 거꾸로 비치네
지미[11]와 더불어 달구경하고
공원[12]과 어울려 놀고도 싶어라
싸늘한 달빛에 위나라 까마귀 놀라고
쏘는 듯한 달그림자에 오나라 소 헐떡이네
달빛은 푸른 산 성곽에 은은하고
푸른 바다 모퉁이에 넘실대네.

---

11) 조지미(趙知微). 당나라 형산 사람. 목종 때 포의로 글을 올렸는데 글이 날카롭고 간절했다. 도술을 써서 장마 때도 친구들과 달을 구경했다는 전설이 있다.
12) 나공원(羅公遠). 당나라 때의 도사로 조지미와 어울려 놀았다고 한다.

그대와 함께 빗장을 열고
홍에 겨워 주렴을 걷어 올리니
이태백이 술잔 멈추고 달에게 묻던 날
오강(吳剛)[13]이 계수나무 찍던 가을
흰 병풍 광채가 눈부시고
깁 휘장 섬세한 무늬 아로새겨 있네
보배 거울 잘 닦아 걸었는데
얼음 바퀴 굴러 머물 줄 모르네
금빛 파도 어찌 저리 아름다우며
은하수 흐름은 실로 유유한가
칼 뽑아 요사스런 두꺼비 찍고
그물 놓아 교활한 토끼 잡아볼까
하늘 길에 비 갓 개고
돌길에 옅은 아지랑이 걷히는구나
난간은 천 그루 나무를 압도하고
계단은 만 길 못을 굽어보네
머나먼 땅에서 길 잃은 이 누구더냐
고향에서 다행히 벗을 만났네
복숭아 오얏 주고받으며 사랑을 전하고
술잔을 주고받네
좋은 시로 내기하고
맛난 술은 잔 수를 더하기에 충분하네

---

13) 한나라 서하(西河) 사람으로 알려져 있다. 신선술을 공부하고 잘못을 저질러 달로 유배를 가서 계수나무를 찍는 벌을 받았다고 한다.

화로에선 숯 조각이 타고

솥에선 찻물이 보글보글 끓고 있네

용연향은 오리 향로에서 날아오르고

아름다운 술은 술잔에 가득하네

학은 외로운 소나무에서 놀라 울고

귀뚜라미는 네 벽 모퉁이에서 서글피 우네

높은 의자에선 은호가 유량과 이야기하고[14]

진나라 물가에선 사상과 원굉이 노니네[15]

어슴푸레 황폐한 성만 남은 곳에

쓸쓸히 풀과 나무만 빽빽하네

푸른 단풍 무겁게 흔들리고

누런 갈대 우수수 차가워라

신선의 세계 하늘과 땅 드넓고

인간 세상 세월만 빠르네

옛 궁궐엔 벼와 기장 패고

들 사당엔 가래나무 뽕나무 얽혀 있네

꽃다운 향기 깨진 비석에 남았으니

흥망의 일은 떠 있는 갈매기에게나 물어볼까

달은 기울었다 다시 차건만

---

14) 중국 동진의 세력가였던 유량(庾亮)이 무창(武昌)을 다스릴 때, 막료였던 은호(殷浩)와 함께 가을밤 누대에 올라 달구경을 하면서 시를 읊었다는 고사에서 따온 말이다.
15) 원굉은 원래 뱃사공이었으나 남다른 문학적 재능을 갖고 있었는데 어느 날 사상이라는 귀족이 강물에 배를 띄우고 달구경을 하다가 원굉이 아름다운 목소리로 시를 읊는 것을 듣고 그를 찾아 참군으로 임명하였다고 한다.

흙덩이 이 세상 하루살이일 뿐
행궁의 전각은 승려들의 절이 되고
옛 왕은 호구(虎丘)[16]에 묻혔네
반딧불이 휘장 저편에서 조그맣게 빛나고
도깨비불 숲가에 으스스하다
옛날 일을 애도하니 눈물 흐르고
오늘 일을 슬퍼하니 근심만 늘어가네
단군의 자취 목멱산에 남았고
기자의 도읍엔 물길만 남았네
굴속엔 기린의 자취
벌판엔 숙신의 화살촉
난향은 자부로 돌아가고
직녀는 푸른 규룡 몰고 가네
문사가 화려한 붓을 멈추니
선녀는 공후(箜篌)[17]를 멈추네
곡조 끝나니 사람들 흩어지고
바람 자니 노 소리 부드러워라

시를 다 쓰자 여자는 붓을 던지고 공중으로 떠갔는데 어디로 가는지 알 수 없었다. 돌아갈 무렵 여자는 시녀를 시켜 홍생에게 말을 전하게 했다.

---

16) 산 이름. 오나라 왕 합려를 이곳에 묻었는데, 사흘 만에 범이 그 무덤 위에 걸터앉아 있어서 호구라 부른다.
17) 하프와 비슷한 동양의 옛 현악기이다.

"옥황상제의 명이 엄해서 흰 난새로 수레를 몰아갑니다. 맑은 담화를 다 끝내지 못해서 제 마음 역시 슬픕니다."

조금 있으니 회오리바람이 땅을 말아 올릴 듯 불었다. 바람은 홍생이 앉은 곳까지 와서 시를 낚아채 갔는데 또한 간 곳을 알 수 없었다. 이는 이상한 이야기가 인간 세상에 퍼지지 않게 하려는 것 같았다.

홍생도 퍼뜩 정신이 돌아왔다. 아스라이 생각해 보니 꿈인 것도 같고 아닌 것도 같고, 생시인 것도 같고 아닌 것도 같았다. 난간에 기대서 곰곰이 여자와 나누었던 말을 모두 기억해 내자 좋은 만남에 정회를 다 펴지 못한 것이 너무도 안타까웠다. 그래서 그 일을 회상하며 시를 읊었다.

> 양대에서 맺은 운우의 정은 한바탕 꿈속
> 어느 때나 옥소의 팔찌를 보게 될까
> 강 물결 무정타 해도
> 흐느끼며 이별의 강기슭 흘러가네

시를 다 읊고 사방을 돌아보니 산사에선 종이 울리고 물가 마을에선 닭이 울었다. 달빛은 성 서쪽으로 희미하게 지고 샛별이 반짝거렸다. 다만 들리는 것이라곤 뜰에서 쥐가 찍찍거리는 소리, 자리에서 벌레 우는 소리뿐이었다. 쓸쓸함이 몰려들어 서글프고 숙연하게 두려워지기도 했다. 슬픔으로 더 이상 머물러 있을 수가 없어 돌아와 배에 올랐으나 우울하고 답답하기만 했다. 먼저 있던 강기슭에 이르니 친구들이 다투어 물었다.

"어젯밤 어디서 잤는가?"

홍생이 둘러대어 말했다.

"어젯밤엔 낚싯대를 잡고 달빛 따라 장경문 밖 조천석 옆까지 가서 아름다운 물고기를 낚아볼까 했지. 그런데 밤기운이 서늘하고 물이 차서 붕어 한 마리 못 낚았으니 이렇게 아쉬울 데가 있겠나?"

친구들도 그 말을 의심하지 않았다.

홍생은 여자를 계속 생각하다가 온몸이 약하고 파리해지는 폐병을 얻어 먼저 집으로 갔다. 그 뒤 정신이 멍하고 말이 두서가 없어져서 침상에 누워 뒹굴뒹굴했는데 오랫동안 낫지 않았다.

홍생이 어느 날 꿈에 옅은 화장을 한 미인을 보았는데 그 미인이 와서 말했다.

"주인아씨께서 옥황상제께 아뢰니 상제께서 그대의 재주를 아끼셔서 견우의 막하에 소속시켜 종사관으로 일하게 하셨습니다. 이제 상제께서 그대에게 칙명을 내리셨으니 피할 수 있겠습니까?"

홍생이 놀라 깨서 집안 식구들에게 자기 몸을 깨끗이 씻기고 옷을 갈아입히게 하였다. 또 향을 피우고 비질을 한 뒤 마당에 자리를 깔게 하였다. 턱을 괴고 잠시 누웠다가 갑자기 세상을 떠났는데 그날은 바로 구월 보름이었다. 염을 한 지 며칠이 지났는데도 얼굴빛이 변하지 않고 그대로였다. 사람들은 홍생이 신선을 만나 육신을 버리고 신선이 되었다고 하였다.

【남염부주지】

南炎浮洲志

염마왕과의 대화

　명나라 성화[1] 초, 조선의 세조 연간에 경주에 박생(朴生)이라는 사람이 살고 있었다. 그는 유학을 힘써 공부하여 일찍이 태학관에 들어갔으나 과거에 한 번도 합격하지 못해 항상 불만스러운 마음을 품고 있었다. 그러나 뜻과 기상이 높고 품위가 있어 권세를 보고도 굽히지 않았기에 사람들은 그를 오만하다고 여겼으나, 보통 대화할 때는 순박하고 진지해서 마을 사람들이 모두 칭찬하였다.

　박생은 일찍이 불교와 무당의 귀신설에 의문을 품고 있었으나 결론을 내리지 못하고 있었다. 얼마 뒤에 『중용(中庸)』을 참고하고, 『주역』의 「계사(繫辭)」를 참고하여 의문을 다 풀었다고 자부하게 되었다. 그는 순박하고 정이 많은 성품이라 스님과도 사귀었으니 한유가 태전과 사귀고[2], 유종원이 손상인과

---

1) 중국 명나라 헌종의 연호. 성화 원년은 조선 세조 11년(1465년)에 해당한다.
2) 한유(韓愈)는 당의 문인, 유학자였으나 승려인 태전(太顚)과 교유하였다.

사귄 것³⁾ 같았다. 그러나 사귄 사람은 두세 사람에 불과했다. 스님들도 그를 문사로 사귀었으니 혜원이 종병, 뇌차종과 사귀고⁴⁾, 지둔이 왕탄지, 사안과 사귄 것 같았으며⁵⁾ 그를 막역한 벗으로 여겼다.

어느 날 그는 한 스님에게 '천당지옥설'에 대해 질문하고 다시 의심이 나서 물었다.

"하늘과 땅은 하나의 음양일 뿐인데 어떻게 하늘과 땅 밖에 또 하늘과 땅이 있단 말입니까? 그건 반드시 잘못된 말이오."

스님도 이 문제에 대해서는 결론을 내려 답하지 못하고 죄와 복은 지은 대로 받는다는 견해로 답했다. 박생은 마음으로 승복하지 않고 일찍이 '일리론(一理論)'을 지어 스스로를 경계하였는데, 이는 다른 길에 빠지지 않기 위해서였다. 그 대략의 내용은 다음과 같다.

나는 일찍이 천하의 '이(理)'는 오로지 하나일 뿐이라고 들었다. 하나란 무엇인가? 두 이치가 아니란 뜻이다. '이'란 무엇인가? '성(性)'일 따름이다. 성이란 무엇인가? 하늘이 명한 것이다. 하늘이 음양과 오행으로 만물을 만들어낼 때 '기(氣)'로써 형을 이루고 '이' 또한 타고나게 한다. 이른바 '이'라는 것은 날마다 쓰는 사물에 각각 조리가 있게 하는 것이다. 부자(父

---

3) 유종원(柳宗元)은 당의 문인이었으나 승려인 손상인(巽上人)과 교유하였다.
4) 혜원(慧遠) 진의 승려로 유학을 공부하다가 출가하였는데, 송(宋)의 문사인 종병(宗炳), 뇌차종(雷次宗) 등과 결사하여 염불을 외웠다.
5) 지둔(支遁)은 진의 승려로 문사인 왕탄지(王坦之), 사안(謝安) 등 가까이 교유하였다.

子)로 말하면 친함을 다하고, 군신(君臣)으로 말하면 의리를 다하고, 부부(夫婦)와 장유(長幼)로 말하면 마땅히 행해야 할 길이 있는 것이다. 이것이 이른바 '도(道)'로써, '이'가 우리 마음에 갖추어진 것이다. '이'를 따르면 어디를 가도 편안하며 '이'를 거스르고 '성'을 어기면 재앙이 이른다. '이'를 끝까지 추구하고 '성'을 다하는 것, 즉 궁리진성(窮理盡性)은 이 '이'를 궁구하는 것이요, 사물의 이치를 끝까지 탐구하여 앎에 도달한다는 것, 즉 격물치지(格物致知)는 이 '이'에 이르는 것이다. 대개 사람은 나면서부터 이 마음을 갖지 않은 사람이 없으며, 또 이 성을 갖추지 않은 사람이 없으며, 천하의 사물에도 이 '이'가 없는 것이 없다. 텅 비어 형체가 없는 마음으로 본연 그대로의 '성'을 따라가서 만물에 나아가 '이'를 궁구하고, 일에 따라 근원을 추구해서 그 지극함을 구하면 천하의 '이'가 분명하게 드러나지 않음이 없을 것이며, '이'의 지극한 것이 마음속에 들어차지 않음이 없을 것이다. 이것으로 미루어보면 천하와 국가도 다 포괄할 수 있고 여기에 모두 합할 수 있다. 하늘과 땅에 참여하여도 어그러짐이 없고 귀신에게 물어도 미혹되지 않으며 고금을 두루 거쳐도 쇠퇴하지 않을 것이니 유학자의 일은 이것이면 족하다. 천하에 어찌 두 가지 '이'가 있겠는가! 그것은 이단의 설이니 나는 믿을 수 없다.

어느 날 밤, 박생이 자신의 방에서 등불을 돋우고 『주역』을 읽다가 베개에 기대 얼핏 잠이 들었다. 문득 한 나라에 이르렀는데 그곳은 바다 가운데 있는 한 섬이었다. 그 땅엔 풀과 나무는 물론 모래와 자갈도 없었으며 밟히는 것은 구리가 아니면 쇠였다. 낮이면 뜨거운 불길이 하늘까지 솟아 땅이 녹아내리고 밤이면 차가운 바람이 서쪽에서 불어와 사람의 살갗과 뼈를 파고드니 그 괴로움을 견딜 수 없었다. 또한 쇠로 된 벼랑이 성처럼 바닷가를 두르고 있었고 오직 크고 웅장한 철문 하나만 있었는데 그 문은 자물쇠로 굳게 잠겨 있었다. 문 앞에는 주둥이와 어금니가 험상궂고 사납게 생긴 문지기가 창과 쇠몽둥이를 들고 바깥에서 오는 자들을 막고 있었다. 그 안에 사는 백성들은 쇠로 집을 지어 낮에는 피부가 데어 문드러지고, 밤에는 얼어서 갈라지고 터지곤 했다. 그러나 그들은 아침저녁으로 벌레처럼 꾸물꾸물거리기만 하면서도 마치 웃고 말하는 것 같았고, 그다지 고통스러워하는 것 같지 않았다.

박생이 몹시 놀라서 머뭇거리고 있자 문지기가 불렀다. 박생이 당황했으나 그 명을 어기지 못하고 멈칫대며 앞으로 나가니 문지기가 창을 세우고 물었다.

"그대는 어떤 사람인가?"

박생이 떨면서 대답했다.

"아무 나라 아무 땅에 사는 아무개로 물정 모르는 한낱 유학자입니다. 감히 영관(靈官)[6]을 모독했다면 죄를 받아 마땅하오나 관대히 용서하시고 법을 너그럽게 해주시기 바랍니다."

박생이 엎드려 절하기를 거듭하며 당돌함을 사죄하니 문지기가 말했다.

---

6) 선관(仙官), 곧 선경의 관원을 말한다.

"유학자는 위협을 당해도 굽히지 않는다던데 그대는 어찌 이렇게 굽실대시오? 우리가 도리를 아는 군자를 보고 싶어 한 지 오래였소. 우리 왕께서도 그대 같은 분을 보고 싶어서 동방에 한 말씀 전하신 게요. 잠깐 앉아 기다리면 그대가 온 것을 왕께 아뢰겠소."

말을 마치자 허리를 굽히고 빠르게 걸어 들어가더니 조금 있다 나와서 말했다.

"왕께서 편전으로 그대를 맞아들이라 하셨으니 그대는 마땅히 진실한 말로 대답하시고 왕의 위세가 두려워 숨겨서는 안 됩니다. 우리 백성들로 하여금 큰 도리의 요체를 듣게 해주십시오."

흰 옷과 검은 옷을 입은 두 동자가 손에 문권을 들고 나왔다. 하나는 검은 바탕에 푸른 글자가 쓰여 있고, 하나는 흰 바탕에 붉은 글자가 쓰여 있었다. 두 동자가 그것을 박생의 좌우에 펼쳐놓고 보여 주었다. 박생이 붉은 글자로 쓰인 것을 보니 성과 이름이 적혀 있었다.

현재 아무 나라에 사는 박 아무개는 이승에서 죄가 없으므로 이곳의 백성이 될 수 없다.

박생이 물었다.
"무슨 이유로 나에게 이 문권을 보여 주는 건가?"
동자가 말했다.
"검은 바탕의 문권은 악인의 명부이고 흰 바탕의 문권은 선인의 명부이지요. 선인 명부에 실린 사람은 왕께서 선비를 맞이하는 예로 맞으시고 악인 명부에 실린 사람은 비록 죄를 더하지는 않지만 노예의 예로 대하십니다. 왕께서 생을 보시면 예를 극진히 하실 것입니다."

말을 마치자 명부를 가지고 들어갔다. 곧 바람같이 빠르고 보배로 장식된 수레가 왔는데 위에는 연꽃 모양의 자리가 있었다. 예쁜 동자와 고운 소녀가 불자와 일산을 들고 있고 무예와 나졸들은 창을 휘두르며 길을 비키라고 소리를 질러댔다. 박생이 고개를 들어 바라보니 앞에는 쇠로 된 성이 세 겹으로 둘러 있고, 높고 으리으리한 궁궐이 쇠로 된 산 아래 있었으며, 불꽃은 하늘에 닿을 듯 이글이글 타오르고 있었다. 길가를 둘러보니 사람들이 그 불꽃 속에서 넘실거리는 구리와 녹아내리는 쇠를 진흙처럼 밟으며 걸어 다녔다. 그러나 박생 앞으로 수십 걸음 정도 되는 길은 숫돌과 같이 매끈하고, 흘러내리는 쇠나 뜨거운 불이 없었으니 이는 신통력으로 바꾸어놓은 것이었다.

왕성에 이르니 사방 문이 활짝 열려 있고 못가의 누대와 경관이 인간 세상의 것과 같았다. 두 미인이 나와서 절하고 박생을 인도해서 들어갔다. 왕은 통천관을 쓰고 무늬 있는 옥으로 만든 띠를 두르고 규(珪)[7]를 들고 계단을 내려와서 박생을 맞이하였다. 박생이 땅에 엎드려 왕을 쳐다보지 못하자 왕이 말하였다.

"사는 땅이 다르니 서로 통치할 수 없는 곳이오. 그런데 도

---

[7] 옥으로 만든 홀(笏)로 위 끝은 뾰족하고 아래는 네모졌다. 옛날 중국에서 천자(天子)가 제후를 봉하거나 신을 모실 때에 썼다.

리를 아는 군자께서 어찌 위세 때문에 몸을 굽힌단 말이오?"

그러고는 박생의 소매를 이끌고 궁전 위로 올라갔다. 그곳에는 따로 자리를 하나 마련해 놓았는데 옥난간에 금으로 된 평상이었다. 박생이 자리를 잡고 앉자 왕이 시자(侍者)를 불러 차를 내오게 했다. 박생이 곁눈으로 보니 차는 구리를 녹인 것이고 과일은 쇠로 만든 알이었다. 박생이 놀랍고 두려웠으나 피할 수가 없어서 그 모양을 보고만 있었는데, 앞에 차려 나온 것은 향기로운 차와 맛있는 과일로 짙은 향기가 코를 찌르고 온 궁전에 맴돌았다. 차를 다 마시자 왕이 박생에게 말했다.

"선비는 이곳을 모르는가? 이른바 염부주라는 곳이오. 궁의 북쪽 산이 바로 옥초산(沃焦山)[8]이오. 이 섬은 하늘 남쪽에 있기 때문에 남염부주[9]라고 부르오. 염부라는 것은 불길이 활활 타서 늘 허공에 떠 있기 때문에 그렇게 부르는 것이오. 내 이름은 염마(閻魔)라 하는데 불꽃이 어루만지고 있다는 뜻이오. 이 땅의 왕이 된 지도 벌써 만여 년이 넘었소. 수명이 길고 신령해서 마음이 가는 곳마다 신통하지 않음이 없고, 마음이 하고자 하는 것마다 뜻대로 되지 않음이 없다오. 창힐[10]이 글자를 만들 때 내 백성을 보내 통곡하게 했고, 구담(瞿曇)[11]이 성불할 때에

---

[8] 불교 용어로 옥초석(沃焦石)을 말한다. 옥초석은 바다 밑에 있는데 그 아래 무간지옥이 있다고 한다.
[9] 불교 용어로 염부주는 閻浮提, 閻浮洲, 炎浮洲라고도 쓰는데 범어인 Jambu-dvipa를 한자로 쓴 것이다. 염부는 나무 이름으로 염부주는 수미산의 남쪽에 있다고 하는 땅 이름으로 염부 나무가 있어 염부주라 부른다.
[10] 중국의 신화에 나오는 인물. 황제(黃帝)의 신하로 문자를 만들었다고 전해진다.
[11] 석가여래. 본래 이름이 범어로 Gotama인 것을 한자음으로 구담이라 썼다.

내 무리들을 보내 호위하게 했으나 삼황(三皇)¹²⁾과 오제, 주공(周公)¹³⁾과 공자(孔子)¹⁴⁾ 때에 이르러서는 도로써 스스로를 지켰기 때문에 내가 그 사이에 끼어들 틈이 없었소."

박생이 물었다.

"주공과 공자, 구담은 어떤 사람들입니까?"

왕이 말했다.

"주공과 공자는 중화의 문물 가운데서 난 성인(聖人)이고, 구담은 서역의 간악한 무리들 가운데서 난 성인이오. 문물이 비록 개명해도 사람들 중에는 성품이 잡박한 사람도 있고 순수한 사람도 있기 때문에 주공과 공자가 그들을 이끌었고, 간악한 무리들이 비록 우매하지만 그중에는 기질이 민첩한 사람도 있고 둔한 사람도 있기 때문에 구담이 그들을 깨우쳤던 것이오. 주공과 공자의 말씀은 바른 것으로 바르지 못한 것을 물리쳤고, 구담의 법은 바르지 못한 것으로 바르지 못한 것을 물리쳤소. 바른 것으로 바르지 못한 것을 물리쳤으므로 주공과 공자의 말은 정직하고, 바르지 못한 것으로 바르지 못한 것을 물리쳤으므로 구담의 말은 황탄한 것이오. 정직하기 때문에 군자들이 따르기 쉽고, 황탄하기 때문에 소인들이 믿기 쉬운 것이오. 그러나 그 지극한 경지는 모두 군자와 소인 들로 하여금 끝

---

12) 중국 고대 전설에 나오는 세 명의 임금을 가리킨다.
13) 중국 고대 전설상의 다섯 성군(聖君). 소호(小昊), 전욱(顓頊), 제곡(帝嚳), 요(堯), 순(舜)을 이르는데, 소호 대신 황제(黃帝)를 넣기도 한다.
14) 중국 주나라의 정치가. 형인 무왕을 도와 은나라를 멸하였고, 주나라의 기초를 튼튼히 하였다. 예악제도(禮樂制度)를 정비하였으며 『주례(周禮)』를 지었다고 알려져 있다.

내는 바른 도리로 돌아가게 하려는 것이지, 세상을 혹하게 하고 백성들을 속여서 이단의 도리로 잘못되게 하려는 것은 아니오."

박생이 또 물었다.

"그러면 귀신의 설은 어떤 것입니까?"

왕이 말했다.

"귀(鬼)란 것은 음의 정기요, 신(神)이란 것은 양의 정기니 대개 조화의 자취요, 음양 이기의 타고난 능력이오. 살아 있을 때는 인물이라 하고 죽었을 때는 귀신이라 하나 그 이치는 다르지 않소."

박생이 말했다.

"세상에는 귀신에게 제사 지내는 예가 있습니다. 그러면 제사를 받는 귀신과 조화를 부리는 귀신은 서로 다른 것입니까?"

"다르지 않소. 선비께서는 보지 않으셨소? 옛 유학자가 말하기를 '귀신은 형체도 소리도 없다.'라고 했소. 그러나 만물은 처음과 끝이 있으며 음양이 모이고 흩어진 결과가 아님이 없소. 하늘과 땅에 제사를 지내는 것은 음양의 조화를 존중하기 때문이고, 산과 내에 제사를 지내는 것은 기화(氣化)의 오르내림에 보답하고자 하기 때문이오. 조상에게 제사를 올리는 것은 근본에 보답하는 것이요, 육신에 제사 지내는 것은 화(禍)를 면하려는 것이니 모두 사람들로 하여금 공경을 다하게 하려는 것이오. 이들은 형체와 바탕이 있는 것이 아니기 때문에 인간에게 함부로 화복(禍福)을 더하지 못하오. 다만 사람들이 제사를 지내면 그 향내가 하늘로 올라가 귀신이 어슴푸레 옆에 있는 것 같은 것이오. 공자가 이른바 '귀신을 공경하되 멀리하라.'고 하신 것도 바로 이를 말한 것이오."

박생이 말했다.

"세상에는 사나운 기운과 요망한 도깨비가 사람을 해치고 사물을 미혹되게 하는데 이것도 귀신이라 할 수 있습니까?"

왕이 말했다.

"귀라는 것은 구부러짐(屈)이요, 신이란 것은 폄(伸)이오. 굽혔다 펴는 것은 조화의 신이요, 굽혔다가 펴지 못하는 것은 답답하게 맺힌 요귀라오. 신은 조화에 합치하기 때문에 시종일관 음양과 함께 하나 자취가 없고, 요귀는 답답하게 맺혀 있기 때문에 원망을 품고 사람과 동물에 뒤섞여 형체를 가지게 되는 것이오. 산의 요귀를 소(魈)라 하고, 물의 요귀를 역(魊)이라 하고, 수석의 요귀를 용망상(龍罔象)이라 하고, 목석의 요귀를 기망량(夔魍魎)이라 하고, 만물을 해치는 것을 려(厲)라 하고, 만물을 괴롭히는 것을 마(魔)라 하고, 만물에 붙어 있는 것을 요(妖)라 하고, 만물을 현혹하는 것을 매(魅)라 하니 이 모두가 요귀들이오. '음양을 헤아릴 수 없는 것을 신(神)이라 하니' 이것이 바로 신이오. 신이란 묘한 쓰임을 말하고 귀란 근본으로 돌아가는 것을 말하는 것이오. 하늘과 사람이 하나의 이(理)이고 드러난 것과 은미한 것 사이에는 아무런 간격이 없으니, 근본으로 돌아가는 것을 정(靜)이라 하고 천명을 회복하는 것을 상(常)이라 하오. 시종일관 조화를 이루나 그 조화의 자취를 알 수 없는 것, 이것이 바로 도라는 것이오. 그런 까닭에 '귀신의 덕은 성대하도다!' 라고 한 것이오."

박생이 또 물었다.

"제가 일찍이 불자들에게 들으니 '하늘 위에는 천당이라는 즐거운 곳이 있고 지옥이라는 괴로운 곳이 있는데 지옥에는 명부의 시왕(十王)[15]을 세워놓고 십팔지옥의 죄수들을 국문한다.'라고 하던데, 정말 그러합니까? 또 사람이 죽고 칠 일이 지난 뒤에 부처에게 공양하고 재를 올려 그 혼을 천도하고, 왕께 제사를 올리고 종이돈을 태우면 그 죄를 용서해 준다고 하던데 간사하고 사나운 사람도 너그럽게 용서하십니까?"

왕이 놀라움을 금치 못하며 말했다.

"그런 말은 들은 적이 없소. 옛사람이 말하기를 '한 번 음이 되고 한 번 양이 되는 것을 도라 하고, 한 번 열리고 한 번 닫히는 것을 변(變)이라 하며, 낳고 또 낳는 것을 생(生)이라 하고, 거짓됨이 없는 것을 성(誠)이라 한다.' 하였소. 무릇 이와 같으니 어찌 건곤 밖에 또 건곤이 있으며, 천지 밖에 또 천지가 있겠소? 왕이란 온 백성이 돌아가 귀의하는 곳을 이르는 것이오. 하, 은, 주 삼대 이전에는 억조창생의 주인을 모두 왕이라 하고 다른 이름이 없었소. 공자께서 『춘추(春秋)』를 엮으실 때 어느 왕도 바꿀 수 없는 큰 법을 세우고 주나라 왕실을 천왕(天王)이라 하게 되자, 왕이란 이름에 달리 더할 게 없게 되었소. 그런데 진나라가 여섯 나라를 멸하고 천하를 통일하며 스스로 그 덕은 삼황을 겸하고 공은 오제보다 높다고 생각해서 왕의 호칭을 고쳐 황제라고 하였소. 그 당시에는 자신의 분수를 넘어 왕

---

[15] 저승에 있다고 하는 십대왕으로 망자의 죄업을 심판해서 사후에 태어날 곳을 지정해 주는 일을 한다고 한다.

이라 부른 자가 매우 많았으니 위나라와 초나라의 군주가 바로 그러하오. 그 뒤로 왕의 명분이 어지러워져서 주나라의 문왕과 무왕, 성왕과 강왕의 높은 호칭이 땅에 떨어지고 말았소. 세상 사람들은 무지한 데다 인정으로 분수에 넘는 일을 하니 말할 것도 없소만, 신의 도리는 여전히 존엄한 것인데 어찌 한 성(城) 안에 왕이 그렇게 많단 말이오? 옛 선비가 '하늘에는 해가 둘일 수 없고, 나라에는 왕이 둘일 수 없다.' 라고 한 말을 듣지 않으셨소? 그러니 불자의 말은 믿을 수가 없소. 재를 올려 넋을 천도하고, 왕에게 제사 지내고 종이돈을 태우는 일 같은 것을 왜 하는지 나는 알 수가 없구려. 선비께서 세속의 속임수와 거짓을 자세히 말해 주시오."

박생이 자리에서 물러나 옷깃을 여미고 아뢰었다.

"세상에서는 부모가 돌아가신 후, 사십구일(四十九日)이 되면 신분이 높건 낮건 간에 초상과 장례의 예를 돌아보지 않고 오로지 공양드리는 것을 일삼습니다. 부자는 지나치게 경비를 들여 사람들의 귀를 시끄럽게 하고, 가난한 사람은 밭과 집을 팔거나 돈과 곡식을 빌리기까지 합니다. 종이를 오려 깃발을 만들고 비단을 잘라 꽃을 만들어놓고는 많은 중들을 모아 덕을 빌고, 또는 흙으로 조각을 만들어 도사(道師)[16]로 삼아 범패를 하고 불경을 독송하니 새가 울고 쥐가 찍찍거리는 것 같고, 생각이라고는 없습니다. 상주는 처자를 이끌고 오고 벗들을 불러 모으니 남녀가 뒤섞이고 똥오줌이 뒤범벅이 되어 정토를 뒷간

---

16) 법회 때에 그 모임의 주장이 되는 이의 직명이다.

으로 바꾸고 적멸도량을 소란한 장터로 바꾸어놓습니다. 거기다가 이른바 시왕이란 것을 불러 음식을 갖추어 제사 지내고 종이돈을 태워 죄를 속해 달라 합니다. 그러면 시왕이란 자가 예의를 돌아보지 않고 욕심을 부려 외람되이 그것을 받겠습니까, 아니면 그 법도를 살펴 법에 따라 중한 벌을 내리겠습니까? 이는 제가 마음이 답답하고 화가 나면서도 차마 말하지 못했던 것입니다. 저를 위해 이를 좀 밝혀 주십시오."

왕이 말했다.

"아아, 이런 지경에까지 이르렀다니. 사람이 태어날 때 하늘은 성(性)을 부여하고, 땅은 생명으로 길러주고, 군주는 법으로 다스리고, 스승은 도로 가르치고, 부모는 은혜로 길러주니 이로 말미암아 오륜에 차례가 있고 삼강이 어지럽지 않은 것이오. 삼강오륜을 잘 따르면 상서롭고 거스르면 재앙이 닥치는데 상서로움과 재앙은 사람이 세상에서 하기에 달려 있소. 사람이 죽으면 정기가 흩어져 하늘로 올라가고 땅으로 내려가 근원으로 돌아가니 어찌 다시 캄캄한 저승 안에 머물 일이 있겠소? 그러나 원망을 품은 넋이나, 요절하거나 횡사한 귀신은 제대로 죽지 못해 기운을 펴지 못한 채 전쟁터나 모래사장에서 시끄럽게 울기도 하고, 목숨을 버리거나 원한을 품은 집에서 처량하게 우는 일이 더러 있기도 하오. 그들은 때로 무당에 의탁해서 자신들의 마음을 펴기도 하고, 간혹 다른 사람에게 기대서 원망을 말하기도 하는데 정신이 비록 그 당시에는 흩어지지 않았다 해도 끝내는 아무 조짐이 없는 상태로 돌아가게 되어 있소. 그러니 어찌 명부에서 임시로 형체를 빌어 지옥의 벌을 받는단 말이오? 이는 사물의 이치를 궁구하는 선비라면 마땅히 짐작해야 하는 일이오. 부처에게 재를 올리고 시왕에게 제사를 지내는 일에 이르면 더욱 황당하오. 재라는 것은 정결하다는 뜻이니 바르지 못한 것을 바르게 하기 위해 재를 올리는 것이오. 부처란 청정함을 이르고 왕이란 존엄함을 일컫는 것이오. 수레나 금을 요구하는 일은 『춘추』에서 폄하되었고, 돈이나 비단을 사용한 일은 한나라, 위나라 때부터 비롯된 것이오. 청정한 신이 어찌 세상 사람들의 공양을 누리며, 존엄한 왕이 어찌 죄인의 뇌물을 받으며, 저승의 귀신이 어찌 세상의 형벌을 마음대로 풀어줄 수 있겠소. 이 또한 이치를 연구하는 선비라면 마땅히 헤아려 알아두어야 하는 것 아니겠소?"

박생이 또 물었다.

"윤회는 그치지 않아서 이승에서 죽으면 저승에서 태어난다고 하는 말의 뜻에 대해 들을 수 있을지요?"

"정령이 흩어지지 않았을 때는 윤회가 있을 것 같지만 오래 지나면 정령도 흩어져 없어져 버린다오."

박생이 물었다.

"왕께서는 무슨 까닭으로 이런 이역에 살면서 왕이 되셨습니까?"

"내가 세상에 있을 때 왕에게 충성을 다하고 분발하여 도적을 토벌하였소. 그러고는 '죽어서는 마땅히 여귀가 되어 도적들을 죽이리라.' 맹세했소. 그 소원이 다 이루어지지 않고 왕에 대한 충성이 사라지지 않아서 이 고약한 곳에 의탁해 살면서 왕 노릇을 하고 있다오. 지금 이곳에 살면서 나를 우러르는 사람들은 모두 전생에 부모나 왕을 죽인 간악하고 흉악한 무리들인데, 이곳에 의탁해 살면서 나의 다스림을 받으며 그 그릇된 마음을 바로잡아 가고 있소. 하지만 정직하고 사심이 없는 사람이 아니면 단 하루도 이곳의 왕이 될 수 없소. 과인이 들으니 그대는 정직하고 뜻이 곧아서 세상에서 뜻을 굽히지 않았다고 하니 참으로 통달한 사람이라 하겠소. 그러나 당대에 그 뜻을 한 번 펼치지 못해 형산의 박옥(璞玉)[17]이 먼지 가득한 들판에 버려지고 명월주(明月珠)[18]가 깊은 못에 잠긴 것 같은 신세니, 훌륭한 장인을 만나지 못하면 누가 지극한 보배임을 알아보겠소. 그러니 어찌 애석하지 않으리오. 나도 이미 시운이 끝났으니 장차 활과 칼을 버리려 하오. 그대도 이미 운수가 다해 쑥덤불에 묻히게 될 테니 이곳을 다스릴 사람이 그대가 아니면 누구겠는가."

그러고 나서 잔치를 열어 즐거움을 다한 뒤에 박생에게 삼한의 흥망에 대해 물으니 박생이 하나하나 아뢰었다. 고려가 창업된 내력에 이르자 왕이 여러 번 한숨을 쉬고 슬퍼하다가 말했다.

"나라를 다스리는 자는 백성을 폭력으로 누르거나 겁을 주어서는 안 되오. 비록 백성이 두려워하며 따르긴 하겠지만 속으로는 반역할 마음을 품고, 날이 가고 달이 가면 얼음이 두꺼워지듯 화가 닥칠 것이오. 덕이 있는 자는 힘으로 왕위에 올라서는 안 되오. 하늘이 비록 곡진하게 말은 안 해도 행함으로 보

---

17) 쪼거나 갈지 아니한, 천연 그대로의 옥 덩어리를 말한다.
18) 밤에 광채를 발하는 구슬로 재주 있는 사람을 비유한다.

여 줄 것이니 상제의 명은 한결같이 존엄한 것이라오. 대개 나라라는 것은 백성의 나라이고 명이라는 것은 하늘의 명이니 하늘의 명이 이미 사라지고 백성의 마음이 떠나면 몸을 보전하려 해도 어떻게 그렇게 할 수 있겠는가?"

또 역대 제왕이 이도(異道)를 숭상해서 요상한 일이 이르게 한 일을 이야기하자 왕이 문득 얼굴을 찌푸리며 말했다.

"백성이 태평세월을 구가하는데도 홍수와 가뭄이 닥치는 것은 하늘이 군주로 하여금 거듭 조심하고 근신하게 하려는 것이고, 백성이 원망하고 탄식하는데도 상서로운 일이 나타나는 것은 요귀가 군주에게 아첨해서 더욱 교만하고 방종하게 만드려는 것이오. 그런데 역대 제왕이 상서로운 일이 오게 했을 때 백성들은 안도했을 것 같소, 아니면 원통함을 호소했을 것 같소?"

"간신들이 벌떼처럼 일어나고 큰 변란이 계속될 때 윗사람이 백성들을 위협하는 것을 좋은 것으로 여겨 위협으로 이름을 구한다면 어찌 편안할 수 있겠습니까?"

왕이 한참 있다가 감탄하며 말했다.

"그대의 말이 옳도다."

잔치를 마친 뒤에 왕은 박생에게 왕위를 물려주고자 하였다. 그래서 직접 칙서를 썼다.

염주의 땅은 실로 풍토병이 있는 고을이라 우왕의 자취도 닿지 못했고 목왕의 준마도 이르지 못했다. 붉은 구름은 해를 가리고 독한 안개는 하늘을 가로막고 있다. 목이 마르면 더운 김이 나는 구릿물을 먹어야 하고 배가 고프면 붉게 달아오른 녹은 쇳덩이를 먹어야 한다. 야차(夜叉)[19]나 나찰(羅刹)[20]이 아니면 발 디딜 곳이 없고 이매망량(魑魅魍魎)[21] 같은 요귀가 아니면 그 기운을 펼 수도 없다. 불로 된 성이 천 리에 둘러 있고 쇠로 된 큰 산들이 만 겹으로 에워싸고 있다. 풍속이 억세고 사나우니 정직한 사람이 아니면 그 간사함을 분별할 수가 없고, 지세는 굴곡이 많고 험하니 신령하고 위엄 있는 사람이 아니면 교화를 베풀 수가 없다. 아아, 그대 동쪽 나라의 아무개는 정직하여 사심이 없고 강직하고 결단력이 있으며 좋은 자질을 갖추어 어리석은 자들을 깨우칠 재주를 가졌도다. 살아서는 현달(顯達)[22]과 영화가 없었지만 죽은 뒤에는 국가의 다스릴 기강이 있을 것이니 억조창생이 영원토록 의지할 자가 그대가 아니면 누구겠는가? 마땅히 덕으로 이끌고 예로써 가다듬어 백성이 지극한 선의 경지에 들어가게 해주어, 백성이 몸소 실천하고 마음으로 터득하여 평화롭고 즐거운 세상이 되게 해주기를 바라노라. 하늘을 본받아 법을 세우고 요임금이 순임금에게 왕위를 물려준 일을 내 이제 본받아 그대에게 왕위를 물려주노라. 아아, 그대는 삼가시라!

박생이 조서를 받들기 위해 일어나고 나가는 것을 모두 예에

---

19) 사람을 해치는 사나운 귀신이다.
20) 사람을 잡아먹는 악귀이다.
21) 온갖 도깨비를 이르는 말로 산천, 목석의 정령에서 생겨난다고 한다.
22) 벼슬, 명성, 덕망이 높아서 이름이 세상에 드러남을 말한다.

맞게 한 뒤 두 번 절하고 나오니 왕이 다시 신하와 백성에게 칙서를 내려 축하하게 하고 태자의 예로 전송하게 하였다. 그러고는 다시 박생에게 칙서를 내리기를,

"머지않아 돌아올 것이오. 수고롭겠지만 이번에 가면 앞서 말한 것들을 인간 세상에 전파하여 황당한 일들을 한 번에 없애 주시오."

하니 박생이 또 두 번 절하고 사례하며 말하기를,

"감히 아름다운 말씀의 만분의 일이라도 받들지 않을 수 있겠습니까?"

하고 문을 나섰다. 그런데 수레를 끄는 자가 발을 헛디뎌 수레가 뒤집히고 박생도 땅에 넘어졌다. 깜짝 놀라 깨니 그것은 한바탕 꿈이었다. 눈을 떠보니 책은 상에 던져져 있고 등잔불은 가물거리고 있었다. 박생이 한참을 감탄하고 또 의아해하다가 곧 죽을 것을 짐작하고 날마다 집안일을 처리하는 데 몰두했다. 몇 달이 지나 병이 들자 일어나지 못할 것이라 여기고 의원과 무당을 물리치고 세상을 떠났다.

박생이 죽던 날 저녁, 이웃 사람들의 꿈에 신인이 나타나서는 이렇게 말했다고 한다.

"너의 이웃에 살던 아무개 공이 장차 염라왕이 될 것이다."

【용궁부연록】
龍宮赴宴錄

물거품처럼 사라진 용궁 잔치

　송도에 천마산(天磨山)이라는 산이 있는데 하늘을 찌를 듯이 빼어나게 높았다. 그래서 '하늘에 닿을 정도로 가깝다.' 라는 뜻으로 이름을 천마산이라 했다. 그 가운데 폭포가 있는데 이름을 '박연'이라고 했다. 크기는 작지만 깊어서 몇 길이나 되는지 알 수가 없고, 물이 넘쳐서 폭포를 이루었는데 길이가 백여 길은 되었다. 경치가 맑고 아름다워서 유람하는 스님이나 지나가는 손님들은 반드시 이곳에 와서 구경을 하였다. 일찍부터 그 신령한 자취에 대한 기록이 문헌에 실려 있고 나라에서도 때마다 희생[1]을 바치고 제사를 올렸다.
　고려 때 한생이라는 사람이 있었다. 그는 어려서부터 글을 잘 써서 조정에까지 알려지고 문사로 일컬어졌다. 하루는 한생이 자신의 방에서 늦도록 편안히 앉아 있는데 문득 푸른 적삼

---

[1] 여기서는 천지신명, 묘사(廟社) 따위에 제사 지낼 때 제물로 바치는 산짐승을 뜻한다.

을 입고 복두를 쓴 낭관 두 사람이 공중에서 내려와 마당에 엎드리고는,

"박연의 신룡께서 모셔 오라 하십니다."
하였다. 한생이 깜짝 놀라 얼굴빛이 변하며,

"신과 인간 사이엔 길이 막혀 있는데 어떻게 갈 수 있겠소? 게다가 수부(水府)[2]는 아득히 멀고 파도가 집어삼킬 듯하니 어찌 수월히 갈 수 있단 말이오?"
하니 두 사람이 말했다.

"잘 달리는 말이 문밖에 있으니 사양하지 마십시오."

두 사람이 몸을 굽혀 절하고 한생의 소매를 붙들고 나가니 과연 푸른빛을 띤 말이 있었다. 말은 금 안장에 옥 굴레를 둘렀고 누런 비단 머리띠를 둘렀으며, 날개가 나 있었다. 열 명이 넘는 종자들은 모두 붉은 수건으로 이마를 싸고 비단 바지를 입고 있었다. 그들은 한생을 부축하여 말에 오르게 했다. 그러고는 깃발과 일산이 앞을 인도하고 기생들이 음악을 연주하며 뒤따랐으며 두 사람은 홀을 들고 따라왔다.

한생이 탄 말이 공중으로 날아가니 발밑으로 자욱한 안개만 보이고 그 아래 있는 땅은 보이지도 않았다. 잠깐 사이에 궁궐 문밖에 이르러 한생은 말에서 내려섰다. 문지기들은 모두 방게나 자라의 갑옷을 입고 창과 갈고리 창을 든 채 삼엄하게 서 있었는데 눈자위가 한 치는 될 듯했다. 그들은 한생을 보더니 모두 고개를 숙여 절하고 평상을 펴주며 쉬라 하였는데 마치 미

---

[2] 물을 맡아 다스린다는 신의 궁전을 뜻한다.

리 기다리고 있었던 것 같았다. 두 사람이 빠른 걸음으로 들어가 한생이 왔음을 알렸다. 조금 있으니 푸른 옷을 입은 동자 두 명이 나와 공손하게 절을 하고 안으로 인도하였다. 한생이 천천히 걸어가면서 궁궐 문을 올려다보니 현판에 '함인지문(含仁之門)'이라 쓰여 있었다. 한생이 문을 들어서니 용왕이 절운관(切雲冠)을 쓰고 칼을 차고 간(簡)을 쥐고 내려와서 맞이하여 계단에 오르게 하였다. 그러고는 궁전에 올라가 앉기를 청하였으니 그곳은 곧 수정궁 안의 백옥 평상이었다. 한생이 엎드려 한사코 사양하며,

"하계의 어리석은 사람이 초목과 함께 썩기를 달게 여길지니, 어찌 감히 신령한 분의 위엄을 범하여 분수에 넘치는 대접을 받겠나이까?"

하니 용왕이 말하기를,

"그대의 소문을 듣고 우러른 지 오래인데 존귀한 위의를 굽혀 오시니 영광이오. 그렇게 이상하게 여기지 마시오."

하고 손을 흔들며 절을 한 뒤 자리에 앉기를 청하였다. 한생이 세 번 사양하다가 자리에 올랐다. 용왕은 남쪽을 향하여 칠보로 된 화려한 자리에 걸터앉고 한생은 서쪽을 향하여 자리를 잡았다. 한생이 자리에 앉기도 전에 문지기가 말을 전했다.

"손님이 오셨습니다."

용왕이 또 나가서 손님을 맞이하였다. 한생이 보니 세 사람이 왔는데 붉은 도포를 입고 채색한 가마를 탄 위엄이나 시종들이 따르는 모습이 가히 왕과 같았다. 용왕이 그들 또한 궁전으로 맞아들였다. 한생이 창문 아래 몸을 숨기고 있다가 그들

이 앉기를 기다려 인사를 드리고자 했다. 용왕이 세 사람에게 동쪽을 향해 앉게 하고는 절하고 앉으며 말하였다.

"마침 인간 세상에 살고 계신 문사를 모셔왔으니 그대들은 이상하게 여기지 마십시오."

그러고는 좌우 시종을 시켜 모시고 들어오게 하였다. 한생이 종종걸음으로 나아가 예의를 차려 절을 하니 여러 사람이 답으로 모두 고개를 숙이고 절을 하였다. 한생이

"존귀하신 신들께서는 높고 귀하시나 저는 한낱 보잘것없는 선비이옵니다. 어찌 감히 높은 자리에 앉겠습니까?"

하고 한사코 사양하니 여러 사람이 말했다.

"음계와 양계는 길이 달라서 우리가 그곳까지 통치할 수는 없습니다. 용왕께서는 위엄이 있으시고 사람을 알아보는 눈이 밝으시니 그대는 필시 인간 세상의 문장에 조예가 깊은 분이실 테지요. 용왕님의 명이니 거절하지 마십시오."

용왕이 말했다.

"앉으십시오."

세 사람이 동시에 자리에 앉자 한생이 그제야 몸을 숙이고 조심스럽게 궁전에 올라 그 언저리에 꿇어앉으니 용왕이 말했다.

"편히 앉으시지요."

자리를 잡고 앉아 차를 한차례 마시고 나서 용왕이 말했다.

"과인에게 외동딸이 있는데 이미 성인식은 올렸고 이제 시집을 보내려 하오. 그런데 제 집이 궁벽하고 누추해서 사위를 맞이할 집도 없고 화촉을 밝힐 방도 없어서 이제 누각 하나를

따로 지어 이름을 '가회각'이라 지으려 합니다. 공장들도 이미 다 모였고 목재며 석재도 다 갖추었는데 상량문(上樑文)[3]이 빠졌습니다. 들으니 수재께서는 이름이 삼한에 유명하고 재주는 백가에 으뜸이라 하더군요. 그래서 특별히 멀리서부터 모셔왔으니 부디 과인을 위해 글을 지어주시오."

말을 마치기 전에 머리를 땋은 동자 두 명이 들어왔다. 한 명은 벽옥 벼루와 상강(湘江)의 대나무로 만든 붓을 받들고, 한 명은 흰 비단 한 길을 받들고 와서 한생 앞에 무릎을 꿇고 앉아 그것을 바쳤다. 한생이 고개를 숙이고 엎드렸다가 일어나서 붓을 적셔 곧바로 글을 완성하니 구름과 안개가 일어나 얽히는 것 같았다. 그 글은 이러하였다.

삼가 생각하건대 천지간에는 용왕이 가장 신령하시고, 인간 세상에서는 배필이 가장 소중하도다. 용왕께서 이미 만물을 윤택하게 하신 공로가 있으시니 복을 퍼뜨릴 터전이 없겠는가? 『시경』에서 좋은 배필 구하기를 노래한 것은 만물 조화의 시초를 드러낸 것이고, 『주역』에서 '비룡은 보기에 이롭다.' 라고 한 것 또한 신령한 변화의 흔적을 상징한 것이다. 그래서 새로 아방궁[4]을 지어 성대한 이름을 높이 걸고, 교룡과 악어를 모아 힘을 쓰게 하고, 보배로운 조개를 모아 재목으로 썼으며, 수정과

---

[3] 들보를 올릴 때 축복하는 글로서, 장인의 우두머리가 들보에 떡을 던지면서 읊었다고 한다. 상량문의 처음과 끝은 변려문이고 중간에 반드시 抛梁東으로 시작해서 사방, 상하로 이어지는 구절이 들어간다.
[4] 진시황이 세운 궁전으로 규모가 장대하고 몹시 화려했다.

산호로 기둥을 세우고, 용 뼈와 난간으로 들보를 놓았도다. 구슬발 걷으면 아지랑이 낀 산 푸르고, 옥 들창 열면 구름은 골짜기를 두르고 있네.

 공주는 화목한 가정을 이루어 만년토록 큰 복을 누리시고, 부부가 사이좋게 지내며 영원토록 이어질 아름다운 자녀를 기르시리라. 바람과 구름의 변화를 재료로 삼고 영원히 조화옹의 공덕을 보조하리라. 하늘에 있거나 못에 있거나 백성들의 갈망을 풀어줄 것이며, 물에 잠겨 있거나 하늘로 솟아오르거나 상제의 어진 마음을 도우리라. 높이 날아오르면 천지가 상쾌하고 위엄과 덕은 원근에 두루 미치리라. 검은 거북이와 붉은 잉어는 기뻐 뛰면서 합창하고 나무귀신과 산도깨비도 차례로 와서 축하하리라. 짧은 노래를 지어 아름답게 새긴 대들보에 걸어두노라.

 들보 동쪽을 보니
 붉고 푸른 뫼 우뚝 솟아 푸른 하늘을 버티고 있네
 하루 저녁 우렛소리 산골짜기 굽이도는 물가에 시끄럽더니
 만 길 푸른 절벽에 구슬 소리 영롱하네

 들보 서쪽을 보니
 작은 길 바위를 둘러가고 산새들 지저귀네
 고요히 깊은 연못은 몇 길이나 될까
 깊고 맑은 봄 강물 유리 같아라

들보 남쪽을 보니
십 리 소나무 삼나무 숲에 푸른 노을 비껴 있네
용왕의 궁궐 크고도 웅장함을 누가 알리요
푸른 유리 밑바닥에 그림자 잠겨 있는데

들보 북쪽을 보니
아침 해 뜰 무렵 연못은 푸른빛 비추네
삼백 장 흰 비단 하늘을 가로지르니
하늘의 은하수가 떨어졌나 문득 의심되네

들보 위를 보니
흰 무지개 어루만지며 아득히 푸른 하늘에 노니네
발해와 부상까지 천만 리
돌아보니 인간 세상 손바닥 같네

들보 아래를 보니
어여뻐라 봄 언덕에 아지랑이 피어오르네
신령한 샘물 한 방울 가져다가
단비 만들어 온 세상에 뿌리고 싶구나

엎드려 바라건대 이 집을 지어 화촉을 밝히는 새벽에 만복이 모두 이르고 하늘의 상서로움이 모두 모여들어 구슬 궁궐, 옥 궁전에 상서로운 구름이 뭉실뭉실 피어오르고 봉황 금침에선 즐거운 소리 솟구쳐 나와 그 덕을 드러내고 그 신령을 빛나게

용궁부연록 93

하소서.

한생이 글을 다 써서 올리자 용왕이 크게 기뻐하였다. 그리고 세 신에게도 보게 하니 세 신이 모두 감탄하고 칭찬하였다. 이때 용왕이 글을 써준 것을 감사하는 잔치를 열어주니 한생이 꿇어앉아서 말했다.

"높은 신들께서 모두 모이셨으나 감히 존함을 여쭙지 못하겠습니다."

용왕이 말했다.

"수재는 인간 세상의 사람이라 알지 못할 게요. 첫째 분은 조강신(祖江神)[5]이시고, 둘째 분은 낙하신(洛河神)[6]이시고, 셋째 분은 벽란신(碧瀾神)[7]이시오. 내가 수재와 함께하는 영광을 갖고자 해서 모신 것이오."

술을 내오고 음악이 울리니 미인 십여 명이 푸른 소매를 흔들고 머리에 구슬 꽃을 얹고 앞으로 나왔다 뒤로 물러갔다 춤을 추면서 벽담곡(碧潭曲)을 불렀다.

> 푸른 산은 푸르디푸르고
> 푸른 못은 넘실넘실
> 물방울 날리며 흐르는 산골 물
> 하늘의 은하수에 닿는구나

---

5) 한강과 임진강이 통진 북쪽에서 합쳐진 강의 신이다.
6) 임진강의 신이다.
7) 개성부 서쪽에 흐르는 강의 신이다.

물결 가운데 사람이라도 있는 듯
패옥 소리 쟁쟁 울리네.
뜨거운 불길 휘황하게 빛나니
아, 도량이 높고도 넓으리
길일을 택하니 좋은 때라
봉새의 울음소리 아름답게 울릴 때를 잡았네
날아갈 듯 화려한 처마
상서로운 봉황
문사를 모셔 짧은 글 짓고
성대한 교화 노래하며 대들보를 올리네
계수나무 술 따라 술잔을 돌리니
날랜 제비 몸을 돌려 봄볕을 밟는구나
짐승 모양 향로는 상서로운 향을 뿜어내고
불룩한 배 모양 솥엔 맛있는 국이 끓고 있네
물고기 모양 북을 치며 흐느적거리고
용 모양 피리 불며 달려가네
용왕은 엄연히 평상에 앉아 계시니
지극한 덕 우러러 잊을 수 없도다

  춤이 끝나자 다시 총각 십여 명이 왼손에는 피리를 잡고 오른손에는 깃 일산을 들고 빙빙 돌며 서로 돌아보면서 회풍지곡(回風之曲)을 불렀다.

  저 산기슭에 사람 있는 듯하여

넝쿨나무 헤치니 이끼 끼었네
해 저물자 맑은 물결 일고
가는 무늬 아롱져 비단 같구나
바람 나부껴 구렛나루 헝클어지고
구름은 둥실둥실 옷자락은 너울너울
나아갔다 물러났다 여유로운 몸가짐
아리땁게 웃으며 지나치네
울며 흐르는 여울가에 내 홑옷 버려두고
차디찬 모래밭에 내 가락지 벗어두네
뜰의 풀 이슬에 젖어 있고
아득히 높은 산은 아지랑이에 가렸네
삐죽삐죽 멀리 보이는 봉우리
강가의 푸른 소라 같구나
띄엄띄엄 바라 치며
술에 취해 비틀비틀 춤을 추네
술은 강물처럼 흐르고
고기는 언덕같이 쌓였구나
손님들은 취해 얼굴이 붉고
새 곡 만들어 흥이 나서 부르며
부축도 하고 끌어도 주다가
손뼉 치며 껄껄 웃기도 하네
옥 술병 치며 마신 지 얼마 지나지도 않았는데
맑은 흥 다하고 슬픈 생각 일어나네

춤이 끝나자 용왕이 기뻐하며 손뼉을 치고, 잔을 씻고 다시 술을 부어 한생 앞에 올렸다. 그리고 용을 새긴 옥피리를 불고 수룡음(水龍吟) 한 곡을 부르며 즐거운 기분을 한껏 펼쳤다. 그 가사는 이러하였다.

    관현 소리 속에 술잔 돌리니
    기린 모양 향로는 용뇌향 푸른 연기 뿜어내네
    옥피리 비껴 부는 소리에
    하늘의 푸른 구름 씻은 듯하네
    음향은 파도를 세차게 하고
    곡조는 바람과 달도 변하게 하네
    경치는 한가하고 사람은 늙어가니
    화살같이 빠른 세월 슬퍼라
    풍류는 꿈과 같고
    즐거움은 다시 번뇌를 일으키네

    서쪽 고개의 비단 같은 이내[8] 갓 걷히니
    동쪽 봉우리의 얼음 쟁반 같은 달 즐기노라
    술잔 들며 묻나니
    푸른 하늘 밝은 달
    추함과 아름다움을 얼마나 보았는가
    술은 금 술잔에 가득한데

---

8) 해 질 무렵 멀리 보이는 푸르스름하고 흐릿한 기운을 이르는 말이다.

사람은 옥산이 무너지듯 쓰러졌으니
　　누가 밀어 넘어뜨렸는가
　　멋진 손님들 위해
　　구름처럼 진흙처럼 막혔던 십 년 우울 다 털어내고
　　푸른 하늘로 상쾌하게 올라가리

　노래가 끝나자 용왕이 좌우를 돌아보며 말했다.
　"이곳의 기예와 놀이는 인간 세상의 것과 다르니 너희는 귀한 손님들을 위해 재주를 보이라."
　자칭 곽 개사라고 한 사람이 발을 들고 옆으로 걸어서 앞으로 나와 말했다.
　"저는 바위틈에 숨은 선비요, 모래 구멍에 사는 은자입니다. 팔월에 바람 맑을 때 동해 바닷가에 가서 까끄라기 실어 나르고, 하늘에 구름 흩어질 때 남정 곁에서 빛을 머금지요. 속은 누렇고 겉은 둥글며 단단한 갑옷 입고 예리한 무기 들었지요. 늘 사지 잘려 솥에 들어가고 비록 정수리가 갈려도 사람을 이롭게 하지요. 맛과 풍류는 장사의 얼굴을 펴게 하고 모습과 어기적거리는 걸음걸이는 끝내 부인네들의 웃음거리가 되지요. 조나라의 왕륜은 물속에서 만나도 저를 싫어했고, 전곤[9]은 외직으로 나가서도 늘 저를 그리워했답니다. 죽어서 필이부[10]의 손에 들어갔어도 초상은 한진공[11]의 붓을 통해 남아 있고요. 이

---

9) 중국 송나라 사람으로, 평소 게를 즐겨 먹었다고 전해진다.
10) 필탁(畢卓). 이부상서를 지내 필이부라 하였다. 중국 진(晉)나라 시인으로 죽림칠현의 한 사람. 게를 즐겨 먹었다고 전해진다.

제 좋은 자리를 만나 놀이를 펼치니 다리를 흔들며 왔다 갔다 춤을 추겠습니다."

그 자리에서 곽 개사는 갑옷을 입고 창을 들고 거품을 내뿜고 눈을 부릅뜨더니 눈동자를 돌리고 사지를 흔들며 비틀비틀, 혹은 재빠르게 앞으로 갔다 뒤로 물러났다 하며 팔풍무(八風舞)[12]를 추었다. 그러자 그 무리 수십 명도 빙빙 돌다 엎드렸다 하면서 동시에 가락에 맞춰 춤을 추었다. 이에 또 곽 개사가 노래를 지어 불렀다.

> 강과 바다를 의지해 구멍에 살지언정
> 기염을 토하여 호랑이와 다툰다오
> 키가 구 척이라 진상할 만하고
> 종류가 열 가지 이름도 다양하네
> 용왕의 아름다운 잔치 기뻐하여
> 아아, 발 구르며 옆으로 걸어가네
> 깊은 못에 홀로 있음을 좋아하고
> 개펄의 등불 빛에 놀란다오
> 은혜 갚자고 눈물 흘려 구슬 만드는 것이 아니요
> 원수 갚자고 창을 비껴 든 것도 아니라오

---

11) 중국 당나라 사람 한황(韓滉)을 말하며 방게 그림을 잘 그렸다고 전해진다.
12) 당나라 축흠명(祝欽明) 추었다는 춤의 이름으로, 팔풍의 이름을 빌어 음란함과 추함을 드러낸 춤이다. 『자치통감』의 「당기」에 축흠명이 팔풍무를 만들기를 자청했다고 하고, 그 주에 축흠명의 팔풍무는 춘추시대 노나라 대부 중중(衆仲)이 "춤이라는 것은 팔음에 맞춰 팔풍을 행해야 한다."라고 한 것과는 달리 팔풍의 이름을 빌어 음란함과 추함을 갖춘 것이라 하였다.

아아, 호량의 거족들은
나를 속없는 놈이라 비웃지만
그러나 이 몸 군자에 비길 만하니
덕이 뱃속에 가득해 속이 누렇다오
아름다움이 속에 차서 사지가 뻗은 것이요
엄지발가락에 옥빛 흐르고 향이 뭉쳐 있네
아아, 오늘 밤은 어떤 밤이기에
요지(瑤地)[13]의 술잔치에 오게 되었나
신은 고개 들어 노래를 이어 부르고
손님은 취해서 배회하는구나
황금 궁전에 백옥 평상 펼쳐놓고
큰 술잔 돌리고 현악기 피리 소리 울리니
군산의 세 피리 기이한 소리를 내고
선부의 아홉 그릇은 신령한 음료 실컷 마시네
산 귀신은 덩실덩실 춤을 추고
물고기는 펄떡펄떡 솟구쳐 뛰노네
산엔 개암나무 들엔 씀바귀 만물이 제자리에 있으니
아름다운 사람을 그리워하여 잊을 수 없구나

 그리고 왼쪽으로 돌다 오른쪽으로 꺾고, 뒤로 물러났다가 앞으로 내달리니 자리에 가득 앉았던 사람들이 데굴데굴 구르며 웃음을 터뜨렸다.

---

13) 주나라 목왕이 서왕모를 만났다는 선경으로, 곤륜산에 있다고 한다.

놀이가 끝나자 다시 자칭 현 선생이라는 사람이 나섰다. 그는 꼬리를 끌고 목을 빼고 기염을 토하며 눈을 부릅뜨고 나와서 말했다.

"저는 시초(蓍草)[14] 덤불에 숨어 사는 자요, 연잎에서 노니는 사람으로 낙수에서 글을 지고 나와서 이미 우왕의 공을 드러냈고[15], 일찍이 청강에서 그물에 걸려 원군 위해 점을 잘 맞추었지요[16]. 배가 갈려 사람을 이롭게 할지언정 껍질 벗겨지는 것은 감내하기 어렵습니다. 두공에 산을 새기고 동자기둥에 마름을 그려 장문중 공은 제 껍질을 보배로 여겼지요. 돌 같은 내장을 지니고 검은 갑옷을 입고 가슴으로는 장사의 기운을 토한답니다. 노오(盧敖)[17]가 만난 약사는 바다에서 내 위에 걸터앉았고, 모보[18]의 병사는 강에 나를 놓아주었지요. 살아서는 태평세월을 나타내는 보배요, 죽어서는 도를 신령하게 하는 보물이 된답니다. 입을 크게 벌려 기운을 토해서 천년 쌓인 거북의 가슴

---

14) 톱풀.
15) 중국 하나라 우왕이 홍수를 다스리기 위해 치수 공사를 하던 중 강 한복판에서 큰 거북이 한 마리가 나왔는데 등에 마흔다섯 개의 점으로 이루어진 아홉 개의 무늬가 썩여 있었다. 우왕은 그 무늬를 통해 신묘한 이치를 깨닫고 계속되던 강의 범람을 막을 수 있었다고 한다.
16) 송나라 장수 원군이 꿈을 꾼 후 청강(淸江)신의 사자였던 흰 거북을 잡아 그 등을 가른 후 점을 쳤는데 일흔두 번이나 들어맞았다고 한다. 『장자(莊子)』의 잡편(雜篇) 제26권 외물(外物)에 나오는 내용이다.
17) 진나라 박사였는데 난을 피하여 노산에 숨어들었다가 신선 약사(若士)를 만나 뒷날 신선이 되어 사라졌다.
18) 진나라 때 공을 많이 세운 인물로 모보의 군대에 있던 군인이 흰 거북을 사서 길러 강에 놓아 주었는데, 나중에 모보의 군대가 패하여 강물에 투신하자 그 거북이 구해 주었다는 이야기가 전해진다. 『몽구』에 「모보백구(毛寶白龜)」라는 제목으로 이 이야기가 실려 있다.

속을 펼쳐보고자 합니다."

 그 자리에서 기운을 토해 내니 실같이 하늘하늘 나와서 길이가 백여 척이나 되었으나 다시 들이마시자 자취도 없이 사라졌다. 혹은 목을 움츠리고 사지를 감추고, 혹은 목을 쭉 빼고 머리를 흔들기도 했다. 조금 있다 현 선생은 발을 내디디며 서서히 걸어 나와 구공무(九功舞)를 추며 홀로 앞으로 갔다 뒤로 갔다 하였다. 그리고 노래를 지어 불렀다.

> 산과 늪에 의지하여 홀로 거처하며
> 호흡을 아껴 장생하노라
> 천년을 살면서 다섯 가지 색을 갖추고
> 열 꼬리를 흔드니 가장 신령하도다
> 진흙 길에서 꼬리를 끌지언정
> 죽어 묘당에 묻힘을 바라지 않노라
> 단약 만들지 않아도 오래 살고
> 도를 배우지 않아도 신령함이 으뜸이네
> 천년 만에 천자의 높고 밝은 덕을 만나면
> 밝고 빛나는 상서로움 바친다네
> 나는 바닷속 무리 중 어른이라
> 연산 귀장[19]의 도리를 돕고
> 등에 글자 지고 나오니 숫자가 있어
> 길흉 알려 점을 맞추었네

---

19) 연산은 하나라의 역(易)을, 귀장은 은나라의 역(易)을 말한다. 오늘날 가장 널리 알려진 주역은 주나라의 역을 뜻한다.

그러나 지혜 많아도 어려움 있고
재능 많아도 미치지 못할 일 있는 법
심장 쪼개지고 등 지져지는 일 면치 못하여
물고기 새우 벗 삼아 자취를 감추었노라
아아, 목을 빼고 발걸음 옮겨
고당의 잔치 자리에 끼어서
날아가는 용의 신령한 변화를 축하하고
재주 있는 거북의 글솜씨를 즐긴다오
술잔 올리고 풍악 울리니
아아, 이 즐거움 다함이 없으리
악어가죽 북을 치고 봉황 새긴 퉁소 부니
깊은 골짜기에 숨어 있던 교룡도 춤추게 하네
산과 못의 도깨비들을 모으고
강의 우두머리들을 모이게 하니
온교[20]가 물소 뿔 태워서 물속 귀신을 보고
아홉 개의 솥에 귀물 그려 귀물이 부끄럽게 한 것 같네
앞뜰에서 함께 춤추고
웃고 농담하며 손뼉을 치네
해 저물려 하니 바람이 일고
물고기와 용이 날아오르니 물결이 거세구나
때는 자주 얻을 수 없어

---

20) 진나라 사람으로, 깊은 물 속에서 괴물이 많다는 말을 듣고 물소 뿔을 태워 물에 비춰 괴물을 보았는데 그 이후 풍을 맞아 열흘도 채 못 되어 죽었다고 전해진다.

마음을 다잡으니 강개해지도다

　곡이 끝났는데도 현 선생이 황홀경에 빠져 펄쩍펄쩍 뛰면서 내려갔다 올라갔다 하니 그 모습을 분간할 수가 없었다. 자리에 있던 사람들이 모두 배를 잡고 웃으며 그칠 줄을 몰랐다. 노래와 춤이 끝나자 이제 나무와 돌의 도깨비들, 그리고 산과 숲의 요괴들이 일어나서 각기 재능을 펼쳤다. 휘파람을 불거나 노래를 하고, 춤을 추거나 피리를 불고, 손뼉을 치거나 발을 구르며 노는데 그 모습은 달랐으나 소리는 같았다. 그들은 마침내 노래를 지어 불렀다.

　　　신령하신 용왕님 못에 계시다
　　　혹 하늘로 뛰어오르시네
　　　천만년 동안
　　　그 복이 이어지도다
　　　자신을 낮추어 어진 이를 초대하시니
　　　엄연한 신선이시라
　　　저 새 노래를 감상하니
　　　구슬 꿴 듯하구나
　　　아름다운 옥에 새겨
　　　천년토록 길이 전하리
　　　군자께서 돌아오시어
　　　이토록 아름다운 잔치 여셨도다
　　　채련곡(採蓮曲) 부르고

멋진 춤 가볍게 추며
　　북을 둥둥 쳐서
　　저 빠른 거문고 소리와 화음을 맞추네
　　노 하나로 큰 술잔을 저어
　　고래처럼 일백 강물을 마시리
　　공손히 절하며 앞으로 갔다 뒤로 물러나니
　　즐기되 허물없도다

　노래가 끝나자 큰 강의 군장(君長)들이 꿇어앉아 시를 올렸다. 첫째 분의 시는 이러하였다.

　　강물은 푸른 바다로 쉼 없이 모여들고
　　분주한 파도 물결치며 가볍게 배 띄웠네
　　구름 흩어진 뒤 달은 갯벌에 잠기고
　　밀물 들려 하니 바람이 섬에 가득 분다
　　날 따뜻하니 거북이 물고기 한가롭게 드나들고
　　물결 맑으니 오리 떼는 물에 몸을 맡기네
　　해마다 바위에 부딪쳐 우는 일 많았지만
　　이 밤의 즐거움 모든 근심 씻어주네

둘째 분의 시는 이러하였다.

　　오색 꽃나무 그림자 풀방석 덮은 곳에
　　제기며 피리들 차례로 늘어놓았네

운모 휘장 두른 곳에 노랫소리 퍼지고
수정 발 드리운 곳에 춤사위 너울너울
신령하신 용왕님 어찌 못 속에만 계시리
문사는 예로부터 잔치 자리의 보배지
어찌하면 긴 밧줄로 해를 매어두어
실컷 취해 봄날을 즐길 수 있을까

셋째 분의 시는 이러하였다.

용왕님 술에 취해 금 평상에 기대시고
산 노을 피어나니 해 벌써 저무네
멋진 춤 너울너울 비단 소매 휘감기고
맑은 노래 가늘게 들보를 감고 올라가네
몇 해나 쓸쓸히 분개하며 파도를 뒤집었으랴만
오늘은 함께 즐기며 옥 술잔을 드시라
세월 다 가도 사람들은 알지 못하리라
고금의 세상일 허둥대다 지나가는 것을

시를 다 쓴 뒤에 용왕에게 올리니 용왕이 웃으며 펼쳐보고 사람을 시켜 한생에게 주게 하였다. 한생이 그것을 받아서 꿇어앉아 읽으며 세 번이나 찬탄하며 감상하고는 즉석에서 이십 운을 지어 성대한 일에 대해 썼다. 그 시는 이러하다.

천마산은 은하수 위로 높이 솟고

바위틈의 폭포 멀리 공중을 날아
숲과 골짜기 사이로 내리꽂히니
급한 물살이 큰 물줄기 이루었네
물결 가운데는 달이 잠겨 있고
못 바닥에는 용궁이 닫혀 있네
용왕이 변화하여 신이한 자취 남기고
솟구쳐 올라 붙잡아 큰 공을 세웠도다
천지의 기운 모여 가는 안개 만들고
크고 넓은 기운은 상서로운 바람 일으키네
푸른 하늘의 분부가 중하여
우리나라에 작위와 봉록을 베푸셨으니
구름 타고 하늘 궁궐에 조회하고
비 뿌리며 청총마 몰아가네
황금 궁궐에서 아름다운 잔치 열고
옥돌 계단에서 별홍을 연주하네
흐르는 노을 찻잔에 어리고
맑은 이슬 붉은 연잎 적시네
공손히 절하니 위엄이 가득하고
들고 나며 절하는 모습 예법을 갖췄네
의관은 무늬가 찬란하고
패옥은 소리가 영롱하네
물고기와 자라 용왕께 하례하고
큰 강도 함께 모였도다
신령한 기획 어이 그리 눈부시며

그윽한 덕 또한 어이 그리 깊고도 넓은가
동산에서는 꽃을 재촉하는 북을 치고
술 항아리엔 무지개가 술을 마시네
천녀는 옥피리를 불고
서왕모는 거문고를 타며
백번 절하며 향기로운 술 전하고
천자의 덕을 찬양하며 세 번 외치네
아지랑이는 서리 같은 과실 담가두고
쟁반은 수정 파를 비추네
진미는 목을 흡족히 적셔주고
용왕님의 은혜 뼛속까지 사무치네
이슬 기운을 먹은 것 같고
영주 봉래에 온 것만 같네
즐거움이 끝나면 으레 헤어져야 하는 법
풍류란 한바탕 꿈이로구나

시를 올리자 자리에 가득 앉아 있던 사람들이 기뻐하고 감탄하기를 마지않았다. 용왕이 고마워하면서 말했다.
"금석에 새겨 내 집의 보물로 삼겠소."
한생이 절하여 사례하고 앞으로 나아가 아뢰었다.
"용궁의 아름다운 일들을 이미 다 보았습니다. 이제 궁궐이 얼마나 크고 강토가 얼마나 넓은지 두루 돌아볼 수 있겠습니까?"
용왕이 말했다.

"좋소."

한생이 명을 받들고 문을 나와 눈을 부릅뜨고 바라보았으나 오색구름이 두르고 있는 것만 보일 뿐 동서를 분간할 수 없었다. 용왕이 구름을 불어 날리는 사람을 명하여 구름을 쓸게 하였다. 한 사람이 대궐 뜰에서 입을 오므려 획 한 번 부니 하늘이 쨍하게 밝아졌다. 그러나 산과 바위, 암벽이나 바위는 보이지 않고 바둑판같이 널찍하고 평평한 세계가 수십 리 펼쳐진 것만 보였다. 그 안에는 구슬 꽃과 옥 나무가 나란히 심겨 있고 금모래가 깔려 있었으며 금 담장이 둘러쳐져 있었다. 행랑과 뜰에는 모두 푸른 유리 벽돌이 깔려 있어 빛과 그림자가 함께 어려 있었다. 용왕이 두 사람에게 명하여 한생을 이끌어 관람하게 하였다. 한 누각에 이르니 이름이 '조원지루(朝元之樓)'였는데 순전히 유리로만 이루어진 것으로 진주로 장식하고 황금색과 푸른색을 섞어놓았다. 누각에 오르니 마치 허공에 오른 것 같았다. 그것은 천 층이나 되었는데 한생이 꼭대기까지 올라가려 하자 사자가 말했다.

"용왕께서 신통력으로 혼자 올라가시는 곳입니다. 저희도 다 보지 못했습니다."

이 누각의 상층은 구름 하늘과 나란하기 때문에 속세의 범인이 갈 수 있는 곳이 아니었다. 한생이 칠 층까지 올라갔다가 내려왔다.

또 한 누각에 이르니 이름이 '능허지각(凌虛之閣)'이었다. 한생이 물었다.

"이 누각은 무엇에 쓰는 것입니까?"

"이 누각은 용왕께서 하늘에 조회하실 때 의장을 정돈하고 의관을 꾸미는 곳입니다."

한생이 청하였다.

"의장을 구경하고 싶습니다."

사자가 인도하여 한 곳에 이르니 둥근 거울 같은 물건 하나가 있는데 번쩍번쩍 빛이 나서 눈이 부셔 자세히 볼 수가 없었다. 한생이 물었다.

"이것은 무슨 물건입니까?"

"번개를 맡은 전모(電母)의 거울입니다."

또 북이 있는데 크기가 전모와 똑같았다. 한생이 북을 치려고 하자 사자가 말리면서 말했다.

"한 번 치면 온갖 것들이 다 진동할 것이니 이는 바로 우레를 맡은 뇌공(雷公)의 북입니다."

또 풀무 같은 물건 하나가 있었다. 한생이 흔들려고 하니 사자가 또 말리며 말했다.

"한 번 흔들면 산과 바위가 다 무너지고 큰 나무가 뽑힐 것이니 이는 바로 바람을 일으키는 풀무입니다."

또 빗자루 같은 물건이 하나가 있었는데 옆에는 물독이 있었다. 한생이 물을 뿌리려 하니 사자가 또 말리며 말했다.

"한 번 뿌리면 홍수로 비가 넘쳐 산을 무너뜨리고 언덕 위로 물이 넘실댈 것입니다."

한생이 말했다.

"그러면 어찌해서 구름을 불어내는 기구를 두지 않았습니까?"

"구름은 용왕의 신통력으로 만들어내는 것이지, 기계로 모아 만드는 것이 아닙니다."

한생이 또 말했다.

"우레를 맡은 뇌공, 번개를 맡은 전모, 바람을 맡은 풍백(風伯), 비를 맡은 우사(雨師)는 어디에 있습니까?"

"천제께서 으슥한 곳에 가두어놓고 돌아다니지 못하게 해놓으셨습니다. 왕이 나오시면 그때 모이지요."

그 나머지 기구들은 다 기억할 수가 없었다.

또 몇 리에 걸쳐 뻗어 있는 긴 행랑이 있었는데 문과 창은 금색의 용을 새긴 자물쇠로 잠겨 있었다. 한생이 물었다.

"여기는 어디입니까?"

사자가 말했다.

"이곳은 용왕의 칠보를 보관해 두는 곳입니다."

한참을 둘러보아도 다 볼 수가 없어 한생이 말했다.

"돌아갈까 합니다."

사자가 말했다.

"예."

한생이 돌아오려고 하였으나 그 문이 겹겹으로 되어 있어 혼란스러운 나머지 어디로 가야 할지 알 수가 없었다. 그래서 사자에게 앞서 인도하게 하였다. 한생이 본래 있던 자리로 돌아와 용왕에게 고마움을 표하며 말했다.

"용왕님의 은혜를 후히 입어 아름다운 경치를 두루 관람할 수 있었습니다."

그러고는 두 번 절하고 작별하였다. 이에 용왕은 산호 쟁반에 명주 두 개와 흰 비단 두 필을 담아 길을 가는 여비에 보태 쓰게 하였다. 문밖에서 절하고 작별하니 이때 세 분의 신도 절하여 하직하고 수레를 타고 곧바로 돌아갔다. 용왕이 다시 두 사자에게 산을 뚫고 물을 헤치는 물소 뿔로 한생을 인도하여 보내라고 했다. 한 사람이 한생에게 말했다.

"제 등에 올라타시고 잠시 눈을 감으십시오."

한생이 그 말대로 하니 한 사람이 물소 뿔을 흔들며 앞에서 인도하였다. 몸이 공중으로 날아오르는 듯하더니 바람 소리와 물소리만 들려왔는데 한참 동안 그치지 않았다. 소리가 멎어 눈을 떠보니 자기 방에 드러누워 있을 따름이었다.

한생이 문을 나와 보니 큰 별이 드문드문 떠 있고 동쪽 하늘이 밝아오고 있었다. 닭은 세 번이나 홰를 치고 시간은 오경이었다. 급히 품속을 더듬어보니 야명주와 비단은 그대로 있었다. 한생이 비단을 싸서 만든 상자에 그것을 간직하고 진귀한 보물로 삼아 남에게 보여 주려 하지 않았다. 그 뒤 한생은 이로움과 명예를 생각하지 않고 명산으로 들어갔다. 그가 어떻게 세상을 마쳤는지는 알 수 없다.

【서갑집 후】
書甲集後

갑집의 뒤에 쓰다[1].

낮은 집 푸른 담요 아직 따뜻한데
들창에 매화 그림자 가득하고 달빛 밝아오네
기나긴 밤 등잔 돋우며 향 사르고 앉아서
세상에 없던 책을 한가로이 지었노라
옥당에서 붓 놀리는 일 이미 마음에 없어
깊은 밤 소나무 비치는 창 아래 단정히 앉아
차관과 동병 검은 책상에 정갈히 놓고
풍류 기화를 세세히 찾아보노라

---

1) 『금오신화』 발문에 해당하는 시이다. 갑집이라 한 것으로 보아 을집(乙集), 병집(丙集) 등이 있었거나, 아니면 갑집에 뒤이어 계속 쓰려는 계획을 가졌을 것으로 추정할 수 있으나 현재 남아 있는 것은 갑집밖에 없다.

작품 해설

김경미

1.

『금오신화』는 15세기 조선의 문인이었던 김시습(金時習)의 작품이다. 『금오신화』에는 「저포놀이가 맺어준 사랑 – 만복사저포기」, 「이생이 엿본 사랑 – 이생규장전」, 「염마왕과의 대화 – 남염부주지」, 「부벽정에서의 짧은 만남 – 취유부벽정기」, 「물거품처럼 사라진 용궁 잔치 – 용궁부연록」 등 다섯 편의 전기소설(傳奇小說)이 실려 있다. 전기소설은 중국 당나라의 전기소설에 영향을 받은 것으로 근대 이전 동아시아를 대표하는 연애소설이다. 전기소설에는 죽음과 삶의 경계를 넘나드는 남녀의 사랑을 환상적으로 다루거나, 이계를 넘나드는 초현실적인 내용을 쓴 작품들이 많다. 전기소설을 읽어보면 시가 많이 등장하는데 이 시들은 주로 인물들의 내면을 표현하는 역할을 한다. 이처럼 시와 산문이 섞여서 창작된 것은 시가 중심을 이루었던 중세 문학의 특성에서 벗어나지 못한 결과이기도 하지만 바로 그 시가 작품 전체에 우아한 분위기를 만들어주기도 한다. 이런 특성 때문에 중국, 한국뿐만 아니라 일본, 베트남의 문사들이 전기소설을 즐겨 읽고 창작하였다.

『금오신화』가 창작된 것은 김시습이 금오산에 은둔했던 시기를 고려할 때 대략 1470년 무렵이었을 것으로 추정된다. 『금오신화』는 중국 명나라의 구우(瞿祐, 1342~1427)가 쓴 『전등신화(剪燈新話)』의 영향을 받기는 했지만 주제 의식이나 미학적인 면에서 독특한 성취를 이루어 우리나라 전기소설을 대표한다고 할 만하다. 김시습이 『금오신화』를 창작하면서 『전등신화』의 영향을 받은 것은 『전등신화』를 읽고 쓴 시「제전등신화후(題剪燈新話後)」나「만복사저포기」와「등목취유취경원기(藤穆醉遊聚景園記)」,「이생규장전」과「위당기우기(渭塘奇遇記)」,「용궁부연록」과「수궁경회록(水宮慶會錄)」등과의 관련성을 통해 확인할 수 있다.

그러나 김시습은 열녀설화, 저포내기설화 등 민간의 설화를 소재로 활용하고 남원, 송도, 평양 등 조선 땅을 배경으로 설정하여 조선적인 이야기를 만들어냈다. 뿐만 아니라 시문이나 제문, 문답체 등 다양한 산문을 구사하여 생생하고 독특한 문체를 구사하고 있다.

『금오신화』의 특징은 무엇보다 그 비극적 현실 인식에 있다. 『금오신화』에서 보이는 비극적 현실 인식은 불의하고 부조리한 세계에 대한 작가 김시습의 비타협적인 삶의 자세에서 빚어진 것이다. 그의 작품에 이토록 강력한 비극적 정서를 배어들게 한 세계의 불의는 무엇이었던가?

김시습은 세종 10년인 1435년, 서울의 한 무반 가문에서 태어나서 성종 24년인 1493년에 무량사라는 절에서 죽었다. 호는 매월당(梅月堂), 동봉(東峰)으로 생육신의 한 사람이다. 어려서부터 재주가 뛰어나 장래가 촉망되는 수재였으나 수양대군의 왕위 찬탈 소식을 듣고 비분강개하여 공부를 접고 평생 방랑하며 벼슬에 나가지 않았다. 김시습은 '계유정란(癸酉靖亂)'이라 불리는 이 사건을 통해 유교적 이상이 깨졌다고 보았던 것이다. 단종을 위해 목숨을 바친 사육신이 있었지만 세상은 세조가 중심이 되어 마치 아무 일도 없었던 것처럼 다시 돌아가고 있었다. 단종에 대한 애도도, 사육신에 대한 기억도 사라져가는 것 같았다. 신진 사림과 훈구 귀족 세력 사이의 정치적 갈등은 더욱 치열해져 갔다. 이런 세상을 보며 그는 자신과 세상이 늘 어긋난다는 느낌을 받았고, 그 느낌을 마치 '둥근 구멍에 모난 자루를 박는 것과 같다.'라고 표현하였다.

번번이 몸이 세상과 어긋나 마치 둥근 구멍에 모난 자루를 박는 것과 같았습니다. 옛 지기들은 이미 죽고 새로 알게 된 사람들은 아직 친하지 못합니다. 누가 저의 평소 뜻을 알아주겠습니까? 그래서 다시 산수 사이에 떠돌게 된 것입니다.

이렇게 자신의 뜻과는 어긋나고, 알던 친구들은 죽고, 새로 알게 된 사람들과는 친해지지 못해 아무도 자신의 뜻을 알아주지 못하는 세계에서 그는 타협하지 않으려면 산수 사이를 떠돌 수밖에 없었다. 그의 마음속에는 "장부에게 늘 치욕이 있거늘, 어찌 세상을 따라 순순히 부침하리요?"(「대장부 중」)라는 저항

감이 깊이 잠재되어 있었을 것이다. 그리하여 사상적으로는 유교와 불교와 도교를 두루 섭렵한 박학한 학자였고, 시와 문장에 뛰어난 문인이었지만 그의 삶은 불우할 수밖에 없었다. 그의 삶은 불우했지만, 타협하지 않았기에 불후하였다. 김시습이 그렇게 타협하지 않을 수 있었던 것은 이상이 있었기 때문이다. 오십 세 이후 강원도 양양에서 쓴 시 「나의 삶(我生)」에서 읊고 있듯이 김시습은 꿈을 꾸는 이상주의자였던 것이다.

나 죽은 뒤 내 무덤에 표할 적에
꿈꾸다 죽은 늙은이라 써준다면
나의 마음 잘 이해했다 할 것이니
품은 뜻을 천년 뒤에 알아주리

그는 단종을 폐위한 세조를 용납할 수 없었고, 그런 세조를 용납하는 세상 사람들을 용납할 수 없었다. 그러나 세상은 김시습의 절의를 알아주지 않았다. 그래서 그는 '천년' 뒤에나 자신의 품은 뜻을 알아줄 것이라고 하였다. 이렇듯 김시습의 비극적 세계 인식은 현실과 어긋난 그의 삶에서 빚어진 것으로, 『금오신화』의 미학적 기반을 이룬다. 전편에 걸쳐 고독한 남성 문사를 주인공으로 내세우고 있는 것이나 의리를 중시하는 것, 비판적인 태도를 견지하는 것 등은 모두 이러한 김시습의 현실 인식과 깊이 관련된다.

2.

 『금오신화』의 이본(異本)은 현재 8종이 남아 있다. 지금까지 조선에서는 『금오신화』가 간행되지 않은 것으로 알려졌는데 최근 중국 대련 도서관에서 조선 목판본이 발견되었다. 이는 조선 명종 때의 문인이었던 윤춘년(尹春年, 1514~1567)이 편집한 것으로 김시습이 죽은 지 오십 년쯤 지나 출간된 것이다.

 현재 남아 있는 이본은 목판본이 5종, 필사본이 3종이다. 목판본은 조선 목판본이 1종, 일본 목판본이 4종이며, 중국 대련 도서관 소장 조선 목판본이 가장 먼저 간행되었다. 조선 목판본과 일본 목판본은 큰 차이가 없다. 필사본으로 전하는 고대본, 치암문고본, 매월당집본은 일본에서 간행된 것을 필사한 것으로 서로 큰 차이를 보이지 않는다. 애정전기소설인 「만복사저포기」와 「이생규장전」은 『금오신화』에만 실려 있는 것이 아니라 16세기의 유학자였던 김집(金集, 1574~1656)의 『신독재수택본전기집(愼獨齋手澤本傳奇集)』에도 수록되어 있다. 이를 통해 이 두 작품이 다른 작품에 비해 당대 독자들의 관심을 더 끌었음을 짐작할 수 있다. 그 두 편은 아사이 료이(淺井了意, 1612~1691)의 「오토기보코(伽婢子)」(1666)에 번안되어 『전등신화』의 다른 작품들과 함께 번안되어 실리기도 했다.

 8종의 이본들 가운데서 윤춘년이 편집한 조선 목판본은 가장 먼저 출간되었을 뿐만 아니라 가장 좋은 이본으로 인정되고 있다. 이러한 점을 감안하여 이 책의 번역은 윤춘년이 간행한 조선 목판본을 대상으로 하였다.

3.

「만복사저포기」

  이 작품은 왜구의 난을 피해 정절을 지키다 죽은 명문거족의 딸과, 재주는 있으나 알아주는 이 없이 외롭기만 한 양생이 삶과 죽음의 경계를 넘어 사랑을 나눈 이야기이다. 양생은 자신이 만난 여자가 이계의 존재임을 깨달으면서도 사랑에 빠져들고, 이 여자가 귀신이 환생한 것임을 알게 되지만 사랑을 변치 않는다. 그리고 속세와 인연을 끊고 지리산으로 들어가서 종적을 감춘다. 이 한 번의 사랑으로 양생의 삶은 더욱 고독해진다.
  보통 애정전기소설은 고독한 남성 문사가 등장하여 사랑을 갈구하다가 아름다운 여자(실은 귀신인)를 만나 사랑을 나누는 내용으로 이루어져 있다. 인귀교환(人鬼交歡), 즉 귀신과 사람이 만나 사랑을 나누는 이러한 설정은 전기소설에서 흔히 쓰이는 소재이다. 김시습은 주인공 양생으로 하여금 여자를 만날 때 계속해서 의심을 품게 함으로써 기이한 세계에 그대로 빠져들게 하지 않는다. 그러나 양생의 절대 고독과 사랑에 대한 열망은 여자의 세계에 그대로 빠져들게 하고, 양생에게 자신이 선택한 것을 끝까지 지키게 한다.
  이는 전기소설에서 흔히 볼 수 있는 고독한 남성 문사의 사랑에 대한 판타지를 표현한 것에 다름 아닐 수도 있다. 그러나 김시습의 작품이 이들 작품과 다른 점은 주인공이 끝내 의리를 지킨다는 점이다. 이는 김시습이 전 생애에 걸쳐 지켰던 절의

(節義)와도 상통하는 것으로 해석된다.

「이생규장전」

「이생규장전」은 고려 말 송도를 배경으로 남녀 간의 만남과 헤어짐을 기본적인 골격으로 삼고 있는 작품이다. 젊고 아름다운 재사와 미인이 만나 사랑에 빠지게 되고, 이것이 행복한 결혼으로 이어지지만 전쟁으로 무참히 깨어진다. 아내와 가족을 모두 잃고 혼자 남게 된 이생이 귀신으로 나타난 최씨와 다시 만나 함께 살아가는 이 작품의 설정도 인귀교환 소재를 가져온 것이다. 이러한 환상적인 소재에도 불구하고 신분의 차이를 들어 결혼을 반대하는 이생의 아버지, 전쟁으로 인한 잔혹한 죽음 등이 작품 전반에 걸쳐 현실적인 분위기를 준다.

또한 남주인공 이생이 소극적인 반면, 여주인공 최씨는 사랑에 적극적이고 주체적인 태도를 보이며, 이생이 혼자 달아난 뒤 홍건적의 위협 앞에서 강하게 저항하는 정절 의식을 보인다. 이러한 점은 「이생규장전」 창작에 인귀설화 외에도 열녀설화가 중요한 기반으로 작용한 것으로 이해된다. 최씨가 보여주는 정절 의식이나 이씨가 최씨에게 끝내 의리를 지키는 모습은 작가의 절의 의식과 관련이 있다.

「취유부벽정기」

 이 작품은 개성 출신의 주인공 홍생이 부벽루에서 기씨녀를 만나 함께 시를 주고받은 후 돌아와서는 여자를 잊지 못해 병이 들어 따라 죽는다는 내용을 담고 있다. 홍생은 개성상인으로 설정되어 있는데 이는 왕조 교체기에 소외된 고려의 유신들이 상인으로 몸을 숨긴 것과 무관하지 않을 것이다. 기씨녀는 위만에게 나라를 잃은 준왕의 딸로 나라가 망한 뒤 자살하려다 선계로 인도되어 항아의 시녀가 된 인물이다. 홍생과 기씨녀는 둘 다 망국의 비애를 경험했다는 점에서 감정적으로 쉽게 공감을 이룰 수 있었다.
 이 작품은 고독한 남성 주인공과 이계의 여성이 만난다는 점에서 애정전기의 요소를 갖고 있다. 그러나 이들의 만남은 시를 통한 정서적 공감에 국한된다는 점에서 앞서 두 작품과 차이를 보인다. 이 작품은 우리나라의 역사를 단군-기자조선-고구려-고려의 흐름으로 이해하고 있고, 단군을 신선으로 묘사하고 있어 주체적 역사관과 도가 의식을 보여 주는 점이 특징적이다.

「남염부주지」

 「남염부주지」는 유학을 공부한 박생이라는 인물이 꿈에 남염부주를 다녀오는 이야기이다. 이 작품은 두 가지 점에서 특징적인데 하나는 꿈속에서 이계를 다녀오는 몽유록 양식을 취하고 있다는 점이고, 또 하나는 문답의 형태를 취하고 있다는 점이다. 문답은 귀신, 천당과 지옥, 윤회, 정치 등 철학적인 문제에서부터 현실 정치에까지 걸쳐 이루어진다. 문답의 내용이 김시습이 남긴 다른 글과 일치하는 것을 보면 김시습은 이 작품을 통해 자신의 생각을 드러내고자 했던 것으로 보인다.

그러나 김시습은 그것을 매우 역설적인 방식으로 드러내고 있으며, 그것은 곧 김시습의 현실 인식 태도를 보여 주는 것이다. 현실에서는 과거에도 합격하지 못해 늘 불만을 품고 있던 박생이 염라국에서는 통달한 사람으로 인정받고 염라왕을 이어 왕이 되며, 겉으로 보기에 무시무시한 곳으로 보이는 염라국의 왕은 세상에서 충성을 다한 인물로서 요임금이나 순임금을 본받아 박생에게 왕위를 물려준다. 그래서 현실로 돌아온 박생은 세상을 떠날 준비를 하고 조금의 망설임도 없이 떠난다. 여기서 현실이 염라국보다 못하다는 김시습의 현실 부정 의식을 볼 수 있다.

「용궁부연록」

이 작품은 문장을 잘하는 선비가 용궁에 가서 글을 써주고 잔치를 즐기고 오는 내용으로 이루어져 있다. 주인공 한생은 용왕이 원하는 대로 글을 써주고 유쾌한 잔치를 즐긴 뒤에 선물을 받고 돌아온다. 이계로 갔다는 점에서는 「남염부주지」와 비슷하지만 이곳에서는 노래와 춤이 펼쳐지고 웃음이 넘친다는 점이 다르다. 「용궁부연록」은 『금오신화』 가운데 유일하게 웃음이 있는 작품이다. 그러나 한생이 선물을 간직한 채 산으로 들어간 뒤 어떻게 되었는지 모른다는 결말은 용궁에서의 즐거운 잔치를 한순간에 쓸쓸한 기억으로 만들어버린다. 김시습이 다섯 살 때 세종의 부름을 받아 궁중에 다녀왔던 일화와 겹쳐지면서 이 작품은 웃음 뒤의 비애를 남긴다.

4.

『금오신화』는 김시습의 현실 인식이 짙게 배어 있는 작품들로 주인공들이 처한 결핍과 부재의 상황이 중요하게 부각되어 있다. 주인공이 겪고 있는 고독하고 부정적인 현실은 작가의 정치적 좌절과 이에서 비롯된 현실 인식과 관련이 있는 것으로 보인다. 그중 「남염부주지」와 「용궁부연록」의 두 주인공이 경험하는 소외와 고독의 감정은 작가의 현실적 처지가 문학적으로 특히 더 강하게 형상화된 것이라 할 수 있다. 다섯 작품 모두 새로운 만남이나 세상의 인정을 갈망하는 인물들이 만남을 이루거나 인정을 받지만 결국은 다시 혼자 남게 되거나 세상을 등지는 결말로 끝을 맺는다.

그 모든 비극적인 결말은 『금오신화』가 불러내는 보이지 않는 세계와 보이지 않는 존재들이 보이는 세계와 결코 화합할 수 없기에 생겨나는 필연적인 결과이자 생에 대한 김시습의 비극적 의식을 표현한 것으로 볼 수 있다. 그러나 화합할 수 없는 비극적 결말은 오히려 현실적인 문제들을 환기하며, 보이지 않는 세계와의 소통이라는 장치는 환상을 통해 새로운 미감을 낳는다. 신라 말, 고려 초에 창작된 애정전기의 전통을 이어받고 있는「만복사저포기」와「이생규장전」를 비롯해서, 몽유록이나 산수유기, 가전 등의 문학 전통을 잇고 있는『금오신화』의 다른 작품들은 조선 초기 한문학이 이룩한 시문과 산문의 미학적 성과를 보여 주는 것이라 할 수 있는 근거가 바로 거기에 있다.

지금까지『금오신화』에 대한 연구는 전기소설로서의 특성을 밝히거나, 김시습의 비극적 세계 인식에서 비롯된 미학과 문학적 성취를 밝히는 방향으로 진행되어 왔지만 최근 들어 연구의 범위가 확장되면서 작품의 전체적인 주제 의식뿐만 아니라 개별 작품의 내적인 미학을 다시 한 번 확인시켜 주고 있다.

마지막으로 김시습의 짧은 글을 소개하며 마무리를 갈음하고자 한다. 아래 글은『매월당집(梅月堂集)』의 권 13「유금오록(遊金鰲錄)」에 실린 글로서 김시습이 금오신화를 지은 것으로 추정되는 시기의 삶을 짐작할 수 있게 해준다.

 금오산에 거처한 뒤로 멀리 다니는 것을 좋아하지 않은 까닭에 찬 기운이 들어 앓게 되었는데 병이 낫지 않고 계속되었다. 오직 바닷가를 돌아다니고 교외의 점방에서 아무런 구애도 없이 지내거나 매화를 찾아다니고 대나무를 보면서 노상 시나 읊고 술에 취해 혼자 놀았다. 신묘년 봄에 청하는 사람이 있어 서울에 들어갔다가 임진년 가을에 성 동쪽의 폭천정사(瀑泉精舍)

에 은거하였는데 터를 골라 집을 짓고 생을 마치려 한다.
계사년(1473) 봄에 쓰다.

부록

【금오신화 목판본】
만복사저포기/이생규장전

일러두기
이 목판본(木版本)은 조선 명종 때의 문인이었던 윤춘년(尹春年, 1514년~1567년)이 편집한 것으로 김시습이 죽은 지 오십 년쯤 지나(1546년~1567년으로 추정) 출간된 것이다. 현재는 중국의 대련도서관에 소장되어 있다. 그중 앞부분 두 편만을 수록하였다.

梅月堂金鰲新話

坡平後學尹春年編輯

萬福寺樗蒱記

南原有梁生者早喪父母未有室獨居萬福寺之東房外有梨花一株方春盛開如瓊樹銀堆生每月夜逡巡朗吟其下詩曰
一樹梨花伴寂寥可憐辜負月明宵青年獨臥孤窓畔何處玉人吹鳳簫
翡翠孤飛不作雙鴛鴦失侶溕晴江誰家有約敲碁子夜卜燈花愁倚窓

吟罷空中有聲曰君欲得好逑何憂不遂生心喜之明日即三月二十四日也州俗燃燈於萬福寺祈福士女騈集各呈其志日晚梵罷人稀生袖樗蒱擲於佛前曰吾今日與佛欲閗樗蒱戲若我負則設法筵以賽若佛負則得美女以遂我願耳祝訖遂擲之生果勝即跪於佛前曰業已定矣不可誣也遂隱於几下以候其約俄而有一美姬年可十五六丫鬟淡飾儀容婉妙如仙姝天妃望之儼然手勢油瓶添燈挿香三拜而跪噫然而歎曰人生薄命乃如此耶遂出懷

中狀詞獻於卓前其詞曰某州某地居住何氏某竊以曩者邊方失禦倭寇來侵干戈滿目烽燧連年焚蕩室廬虜掠生民東西奔竄左右通逃親戚僮僕各相亂離妾以蒲柳弱質不能遠逝自入深閨終守幽貞不爲行露之沾以避橫逆之禍父母以女子守節不爽避地僻處僑居草野已三年矣然而秋月春花傷心虛度野雲流水無聊送日幽居在空谷歎平生之薄命獨宿良宵傷彩鸞之獨舞日居月諸銷魂魄喪夏夕冬宵膽裂腸摧惟願皇曲垂憐愍生涯

前定業不可避賦命有緣早得歡娛無任懇情之至女既投狀嗚咽數聲生於隙中見其姿容不能定情挺出而言曰向者投狀爲何事也見女狀辭喜溢於面謂女子曰子何如人也獨來于此女曰妾亦人也夫何疑訝之有君但得佳匹不必問名姓若是其顚倒也時寺已頹落僧住於一隅殿前只有廊廡蕭然獨存廊盡處有板房甚窄生挑女而入女不之難相與講歡有一如人間將及夜半月上東山影入窓忽有跫音女曰誰耶將非侍兒來耶兒曰唯向日娘

子行不過中門履不容數步昨暮偶然而出一
何至於此極也女曰今日之事蓋非偶然天之
所助佛之所佑逢一檗者以為偕老也不告而
娶雖明教之法典然以遽亦平生之奇遇也
可於茅舍取裯席酒果來侍兒一如其命而往
設筵於庭時將四更也鋪陳几案素淡無文而
儀貌舒遲意必貴家處子踰墻而出亦不之疑
醽醴馨香定非人間滋味生雖恇怯談笑清婉
也觴進命侍兒歌以侑之謂生曰兒老之日諾乃
請自製一章以侑如生欣然應之曰定仍舊曲

滿江紅一闋命侍兒歌之曰
惻惻春寒羅衫薄幾回腸斷金鴨冷腕山凝
黛蹙雲張繡錦帳鴛衾余無伴寶釵半倒吹
龍管可惜許從易跳丸中情濃燈無焰銀
屏短徙扶淚誰從歇喜今宵鄒律一吹回腕
抱恨麼眉兒眠狐館
破我佳城千古恨細歌金縷傾銀椀悔昔時
歌竟女愀然曰曩者蓬島失當時之約今日瀟
湘有故人之逢得非天幸耶郎若不我遺棄終
奉巾櫛如失我願永隔雲泥生聞此言一感一

驚曰敢不從命然其態度不凡生熟視時為時
月掛西峯雞鳴荒村寺鐘初擊曙色將瞑女曰
兒可撤席而歸隨應隨滅而行人不知所之女曰因
已定可同攜手生執女手經過閭閻犬吠於籬
人行旅路而行人不知與女同歸但曰生早歸
何處生答曰適醉卧萬福寺投故友之居固如此
至詰朝女引至草莽間零露瀼瀼無逕路可遵
生曰何居處之若此也女曰孀婦夜謂行多露
又誑之曰有狐綏綏在彼淇梁魯道有蕩齊子

翱翔吟而笑傲遂同去開寧洞蓬高敝野荊棘
參天有一屋小而極齷齪生俱入裯褌帳幃極
整如昨夜而陳留三日歡若平生然其侍兒美
而不點器皿潔而不文意非人世而繾綣意篤
不復思慮已而女謂生曰此地三日不下三年
君當還家以顧生業也遂設離宴以別生愴然
曰今日遽別之速也女曰當再會以盡平生之願
爾今日到此弊居必有鳳緣宜見其一曰鄭氏
何生曰諾即命侍兒報四鄰以會親如
其二曰吳氏其三曰金氏其四曰柳氏皆貴家

巨族而與女子同閨閈親戚而處子者也皆俱
溫和風韻不常而又聰明識字能爲詩賦皆作
七言短篇四首以贐鄭氏態度風流雲鬢掩鬢
乃噫而吟曰
　春宵花月兩嬋娟長把春愁不記年自恨不
　能如比翼雙雙相戲舞靑天
　漆燈無焰夜如何星斗初橫月半斜惆悵幽
　宮人不到翠衫撩亂鬢鬖髿
　摽梅情約竟蹉跎辜負春風事已過枕上淚
　痕幾圓點滿庭山雨打梨花
　一春心事已無聊寂寞空山變度宵不見藍
　橋經過客何年裴航遇雲翹
吳氏丫鬟妖弱不勝情態繼吟曰
　寺裏燒香歸去來金錢暗擲媒春花秋
　月無窮恨銷却樽前酒一杯
　溥溥曉露泣桃腮幽谷春深蝶不來却喜隣
　家銅鏡合更歌新曲酌金罍
　年年燕子舞東風腸斷春心事已空羡
　藥猶並蒂夜深同浴一池中
　一層樓在碧山中連理枝頭花正紅却恨人
生不如樹靑年薄命淚凝瞳
金氏整其容儀儼然染翰賣其前詩溙佚太甚
而言曰今日之事不必多言但叙光景胡乃陳
懷以失其節傳鄙懷挹人間遂朗然賦曰
　杜鵑啼了五更風廖落星河已轉東莫把玉
　簫重再弄風情恐與俗人通
　滿酌烏程金叵羅會須取醉莫辭多明朝捲
　地東風惡一段春光奈夢何
　綠紗衣袂懶來垂紈管聲中酒百壺清興未
　闌歸未可更將新語製新詞
　幾年塵土惹雲鬢今日逢人一解顏莫把高
　唐神境事風流話柄落人間
柳氏淡粧素服不甚華麗而法度有常沉默不
言微笑而題曰
　確守幽貞經幾年香魂玉骨掩重泉春宵每
　與姮娥伴叢桂花邊愛獨眠
　却笑東風桃李艶飄飄萬點落人家平生莫
　把靑蠅點誤作崐山玉上瑕
　脂粉慵拈首似蓬塵埋香匣綠生銅今朝幸
　預鄰家宴羞香冠花別樣紅

娘娘今配白面郎天定因緣契闊香月老已傳琴瑟綠從今相待似鴻光字女乃感柳氏終篇之語近體七言四韻以贖曰開寧洞裏抱春愁花開感百憂楚峽雲中君不見湘江竹下泣盈眸晴日暝鴛鴦並碧落雲銷翡翠遊好是同心雙縞結莫將納扇怨清秋
生亦能文者見其詩法清高音韻鏗鏘嘖嘖不已即於席前走書古風長短篇一章以答云

今夕何夕見此仙姝花顏何婷妁絳唇似櫻
珠風騷无巧妙易安當含糊織女投機下天
津嫦娥拋杵離清都靚粧照此玳瑁筵羽觴
交飛清譫娛嬋雨兂雲雖未慣淺斟低唱相
怡愉自喜誤入蓬萊對此仙府風流徒瑤漿
瓊液溢芳樽瑞腦噴金猊爐白玉床前
香屑飛微風撼彼青莎廚真人會我含毫庀
綵雲冉冉相縈紆君不見蕭會頃舉白相闌珊
逢杜蘭人生相合定有緣我奄棄秋風紈世世
娘子何爲出輕言道我奄棄秋風紈世世生

酒盡相別女出銀椀一具以贈生曰明日父母飯我于寶蓮寺若不遺我請邀于路上同歸梵宇同觀父母如何生曰諾生如其言執椀待于路上果見巨室右族薦女子之大祥車馬騈闐上于寶蓮見路傍有一書生執椀而立從者曰娘子殉葬之物巳爲他人所偷矣主曰如何約者曰此生所執之椀逐聚馬以問生如其前約以對父母感訝父曰吾止有一女子當寇賊傷亂之時死於干戈不能竁窆殯于開寧寺之

洞因循不葬以至于今日大祥已至暫設齋筵以追冥路君如其約請娶女子以來願勿愕也言訖先歸生佇立以待及期果一女子從婢腰縈而來即其女也相喜攜手而歸女入門禮佛投子素帳之內親戚寺僧皆不之信唯生獨見女謂生曰妾禮非不諳裳之可愧相鼠父母於是驚歎遂命同飯唯開匙筯聲一如人間父母試驗之遂勸生同宿帳側中夜言語琅琅人欲細聽驟止其言曰妾之犯律自知甚明少讀詩書粗知禮義非不諳裳裳之可愧相鼠

薄命忍遇三世之因緣擬欲荊釵奉高節
不能戒曩者梵宮祈福佛殿燈香自嘆一生之
之可賴然而父處蓬蒿抛葉原野風情一發終
我匹兮漠漠九原心糾結兮餘聲漸滅嗚哽不
限愧然將別願我良人無或疎闊哀哀父母不
時哭聲不絕至于門外但隱隱有聲曰宴數有
屏阿香輦車雲雨驚於陽臺烏鵲散於天津從
此一別後會難期臨別悽惶不知所云送魂有
避賓道當然歡娛未極哀哀別遽至今則步蓮八
扵百年羣酒縫裳修婦道扵一生自恨業不可

果一獻葬處也生設奠哀慟焚楮錢于前遂葬
為信勿忘吾女子翌日設牲牛明酒以尋前迹
君所用但女子有田數頃在蒼赤數人茹當以此
增傷感與父母頭而泣父母謂生曰銀椀任
分父母已知其實不復疑問生亦知其為鬼乃
焉作文以吊之曰
惟靈生而溫麗長而清淳儀容侔於西施詩
賦高於淑真不出香閨之內常聽鯉庭而獨
逢亂離而壁完遇寇賊而珠沉托蓬萬而
處對花月而傷心膓斷春風哀杜鵑之啼血

膽裂秋霜歎紈扇之無緣孀者一夜邂逅心
緒纏綿雖識幽冥之相隔竟盡魚水之同歡
將謂百年以偕老豈期一夕而悲酸月窟聽
鸞之姝巫山行雨之娘地黯黯而莫歸天漠
漠而難望入不言兮惚怳出不逝兮蒼忙對
靈幃而酩酊聽瓊漿而增傷感音容之窈窈
想言語之琅琅哀哉爾性聰慧爾氣精
詳三魂縱散之琅何亡靈降臨而陟庭或薰
蒿而在傍雖死生之有異庶有感於此章
後極其情哀盡賣田舍追薦再三夕女扵空中

唱曰蒙君薦拔已扵他國為男子矣雖隔幽冥
寔深感佩君當復修淨業同脫輪迴生後不復
婚嫁人智異山採藥不知所終

李生窺墻傳

李生者居駱駝橋之側年十八風韻清
邁天資英秀常詣國學讀詩路傍善竹里有巨
室處子崔氏年可十五六態度艷麗工扵刺繡
而長扵詩賦世稱風流李氏窈窕崔家娘才
色者可餐可以療飢腸李生睿挾冊詣學常過
崔氏之家北墻外垂楊裊裊數十株環列李生

憩於其下一日窺墻内名花盛開蜂鳥爭喧傍
有小樓隱映於花叢之間珠簾半掩羅幃低垂
有一美人倦繡停針支頤而吟曰
　獨倚紗窓刺繡遲百花叢裏囀黃鸝無端暗
　結東風怨不語停針有所思
　路上誰家白面郎青衿大帶映垂楊何方可
　化堂中燕侶掠珠簾斜度墻
生聞之不勝技癢然其門戶高峻庭闈深邃但
快快而去還時以白紙一幅作詩三首繫瓦礫
投之曰

巫山六六霧重回半露尖峰紫翠堆
王孤枕學靑爲雲雨下陽臺
相如欲挑卓文君多少情懷已十分紅粉牆
頭桃李艷隨風何處落繽紛
好因緣邪惡因緣空把愁腸日抵年二十八
字媒已就藍橋何日遇神仙
崔氏命侍婢往見之卽李生詩也披讀再
三心自喜之以片簡又書八字投之曰將子無
疑昏以爲期生如其言乘昏而往忽見挑花一
枝過牆而有搖裊之影往視之則以鞦韆絨索

先唱曰
　桃李枝間花富貴鴛鴦枕上月嬋娟
生續吟曰
　他時漏洩春消息風雨無情亦可憐
女愛色而言曰本欲與君終奉箕箒求結歡娛
郞何言之若是遠也妾雖女類心意泰然丈夫
意氣肯作此語乎他日閨中事淺親庭譴責妾
以身當之香兒可於房中賫酒果以進兒如命
而往四座寂寥闃無人聲生問曰此是何處女
曰此是北園中小樓下也父母於我一女鍾
甚篤別構此樓千芙蓉池畔方春時名花盛開
欲使我從侍兒遊耳親闈之居聞閶深邃雖
笑語啞咿亦不能卒爾相聞也女酌綠蟻一甌
勸生口占古風一篇曰
曲闌下壓芙蓉池池上花叢人共語
霏霏融融製出新詞歌白紵月轉花陰入齷

能共挽長條落紅雨風攬清香香襲衣貴女
初踏春陽舞羅衫輕拂海棠枝驚起花間宿
鸚鵡
生即和之曰
誤入桃源花爛熳多少情懷不能語翠鬟雙
綰金釵依楚楚春衫裁綷紵東風初拆並蔕
花莫使繁枝戰風雨飄飄仙袂影婆娑叢掛
陰中素娥舞勝事未了愁必隨莫製新詞教
鸚鵡
飲罷女謂生曰今日之事必非少緣郞須盡我

以遂情欵言訖女從此窓入生隨之樓梯在房
中緣搊而昇果其樓也文房几案極其濟楚一
壁展煙江疊嶂圖幽篁古木圖皆名畫也題詩
其上詩不知何人所作其一曰
何人筆端有餘力寫此江心千疊山壯哉方
壺三萬丈半出縹緲烟雲間遠勢微茫幾百
里近見崒律青螺髻滄波淼淼浮遠空日暮
遙望愁鄉關對此令人意蕭索疑泛湘江風
雨灣
其二曰

幽篁蕭颯如有聲古木偃蹇如有情往根盤
屈蒼莓苔老幹天矯排風雷貿中自有造化
窅妙處豈與傍人說韋偃與可已為鬼漏淺
天機知有幾晴窓嗒然淡相對愛看幻墨神
三昧
一壁貼四時景各四首亦不知其何人所作其
筆則聿松雪真字體極精妍其一曰
芙蓉帳暖香如縷窓外霏霏紅杏雨樓頭殘
夢五更鍾百舌啼在辛夷塢
燕子日長閑閣深懶來無語停金針花底雙

雙蛺蝶飛爭赴落花庭院陰
嫩寒輕透綠羅裳空對春風暗斷腸脈脈此
情誰料得百花叢裏舞鴛鴦
春色深藏黃四家深紅淺綠映窓紗一庭芳
草春心苦輕揭珠簾看落花
其二曰
小麥初胎乳燕斜南園開遍石榴花綠窓兒
女弄刀響擬試紅裙剪紫霞
黃梅時節雨廉纖罵嗔楓陰燕入簾又是一
年風景老楝花零落筍生尖

手拈青杏打駑兒風過南軒日影遲荷葉已
香池水滿碧波深處浴鸂鶒
藤床筠簟浪波紋屏畫瀟湘一抹雲懶慢不
堪醒午夢半窗斜日欲西矄
其三幅曰
秋風策策秋露凝秋月娟娟秋水碧一聲二
聲鴻鴈歸更聽金井梧桐葉
床下百虫鳴唧唧床上佳人珠淚滴良人萬
里事征戰令夜玉門關月白
新衣欲製剪刀冷低喚丫兒熨斗熨斗火

其四幅曰
一枝梅影向窗橫風緊西廊月色明爐火未
銷金釧撥旋呼丫鬟換茶鐺
林葉頻驚半夜霜回風飄雪入長廊無端一
夜相思夢都在冰河古戰場
滿窗紅日似春溫愁鎖眉峯睡痕臙脂小
梅腮半吐含羞不語綉雙鴛

剪剪霜風掠北林寒烏啼月正關心燈前烏
有思人淚滴在穿絲小挫針
一傍別有小室一區帳褥余枕亦甚整麗帳外
爇麝臍燃蘭膏熒煌映徹恍如白晝生與女極
其情歡遂留數日一日生謂女曰先聖有言必
母在遊必有方而今我定省已過三日親必倚
閭而望非人子之道也女惻然而頷之踰垣而
遣之生自是以後無夕而不往一夕李生之父
問曰汝朝出而暮還當為何事必作輕薄子踰垣
言肯出而曉還者將以學先聖仁義之踰耶

折樹檀耳事如彰露人皆譴我教子之不嚴而
如其女定是高門右族則必以爾之狂狡穢彼
門戶獲戾人家其事不小速去嶺南率奴隸監
農勿得復還即於翌日謫送蔚州女每夕於花
園待之數月不還其得罪於家君去嶺南已
李生之鄰鄰人曰李郎得病命之香兒密問於
數月矣女聞之卧疾在床輾轉不起水漿不入
於口言語支離肌膚燋悴母悼問其病狀
唁唁不言搜其箱篋得李生前日唱和詩擊節
驚訝曰幾乎失我女子矣問曰李生誰耶至是

女不復隱細語在咽中告父母曰父親母親鞠
育恩深不能相匿竊念男女相感人情至重是
以摽梅迫吉咏於周南咸腓之凶戒於羲易自
將蒲柳之質不念桑落之詩行露沾衣竊被傍
人之嗤絲蘿托木已作媢兒之行罪已貫盈累
及門戶然而彼狡童兮偷賣香千生喬怨以
生倘違情欵鬱而有已當與李生重遊黃壤之
篤矣濱於死地將化窮鬼母如從我願終保餘
眇眇之弱軀忍悄悄之偶處情念日深沉病已
下誓不登他門也於是父母已知其志不復問

病且警且誘以寬其心復修媒妁之禮問于李
家李氏問崔家門戶優劣曰吾家豚犬雖年少
風狂學問精通身彩似人兩其捷龍頭於異日
占鳳鳴於他年不願速求婚媾也媒者以言返
告崔氏復遣曰一時朋伴皆稱余嗣才華邁人
今雖蟠屈豈是池中之物宜速定嘉會之晨以
合二姓之好媒者又以其言返告李生之父曰
吾亦自少把冊窮經年老無成奴僕逋逃親戚
寒助生涯踈闊家計伶俜況巨家大族豈
一介寒儒留意為贅郎乎是必好事者過譽吾

家以誣高門也媒又告崔家崔家曰納采之禮
裝束之事吾盡辦矣宜差穀旦以定花燭之期
媒者又返告之李家至是稍回其意即遣人名
生問之生喜不自勝乃作詩曰
　破鏡重圓會有時天津烏鵲助佳期從今月
　老纏綳去莫向東風怨子規
女聞之生病亦稍愈又作詩曰
　惡因緣是好因緣盟語終須到底圓共輓鹿
　車何日是倩人扶起理花鈿
於是擇吉日遂定婚禮而續其絃焉自同牢之

後夫婦愛而敬之相待如賓雖鴻光鮑桓不足
言其節義也生翌年捷高科登顯仕聲價聞于
朝簪辛丑年紅賊據京城王移福州賊焚蕩室
盧爾炙人畜夫婦親戚不能相保東奔西竄各
自逃生生挈家隱匿窮崖有一賊拔劍而逐生
奔走得脫女為賊所虜欲逼之女大罵曰虎鬼
殺啗我寧死葬犲狼之腹中安能作狗彘之
匹乎賊怒殺而剮之
賊已滅遂尋父母舊居其家已為兵火所焚又
至女家廊廡荒凉鼠嘲鳥喧悲不自勝登于小

樓扶淡長嘘唵至日暮塊然獨坐佇思前遊窈如一夢將及二更月色微吐光照屋梁漸聞廊下有跫然之音自遠而近至則崔氏也生雖知已死愛之甚篤不復疑訝遽問曰避於何處金其軀命女執生手慟哭一聲乃叙情曰妾本良族幼承庭訓工刺繡裁縫之事學詩書仁義之方但識閨門之治豈解墻外之修紅杏之墻有獻碧海之珠花前一笑恩結平生帳裏重邅情意百年言至於此悲慙曷勝將謂偕老而歸居豈意横折而顛溝終不委身於射虎

自取磔肉於泥沙固天性之自然匪人情之可忍却恨一別於窮崖竟作分飛之匹鳥家亡親沒傷嚇睍之無依義重命輕幸殘軀之免厚誰怜寸寸之灰心徒結斷肝之腐膓骨骸暴野肝膽塗地細料昔時之歡娛適爲當日之愁寃今則鄒律已吹於幽谷倩女再返於陽間蓬萊一紀之約綢繆聚散三生之香芬郁重契闊於此時不負乎前盟如或不忘以爲好李郎其許之生喜且感曰固兩願也相與欵曲抒情言及家産被寇掠有無女曰一分不失埋於某

山某谷也又問兩家父母骸骨安在女曰暴棄其處叙情罷同寢極歡如昔明日與生俱往尋塵處果得金銀數錠及財物若干又得收拾兩家父母骸骨貿各合葬於五冠山之麓封樹祭獻皆盡其禮其後亦赴生家是以氏居焉幹僕之逃生者亦自來求仕宦與崔懶於人事雖親戚賓客賀吊數年一夕女謂生曰三遇佳期世事蹉跎歡娛不厭哀別遽至遂氏或酬或和琴瑟偕鳴不出常與崔嗚咽數聲生驚問曰何故至此女曰實數可

躲也天帝以妾與生緣分未斷又無罪障倏以幻體與生暫割愁膓非欠留人世以感陽人命婢兒進酒歌玉樓春一関以侑生歌曰干戈満目交揮處玉碎花飛鴛失侶殘骸狼藉竟誰埋血汚遊魂無與語從玆一別兩茫茫天上人間音信阻
女歌一聲泣數下始不成腔生亦悽惋不已曰寧與娘子同入九泉豈可無聊獨保殘生向者傷亂之後親戚僮僕各相亂離亡親骸骨狼

籍原野儻非娘子誰能奠埋古人云生事之以禮死葬之以禮盡在娘子天性之純孝人情之篤厚也感激無已有愧可勝願娘子淹留人世百年之後同作塵土女曰李郎之壽剩有餘紀妾已載鬼籙不能久視若固眷戀人間違犯條令非唯罪我兼亦累及於君但妾之遺骸散於某處倘若垂恩勿暴風日相視泣下數行云李郎珍重言訖漸滅了無踪迹生拾骨附葬于親墓傍旣葬生亦以追念之故得病數月而卒聞者莫不傷歎而慕其義焉